Bibliografische Information der Deutschen Nationalbibliothek: Die Deutsche Nationalbibliothek verzeichnet diese Publikation in der Deutschen Nationalbiografie., detaillierte bibliografische Daten sind im Internet über www.dnb.de abrufbar.

© 2015 Anneliese Leding

Herstellung und Verlag

BoD - Books on Demand, Norderstedt

ISBN 978 3 7357 6134 7

Das Foto	5
Das besondere Paket	12
Der Waldspaziergang	17
Der Schwarze Heinrich	20
Der Schweineöhrchen-Kater	23
Die Sonnenbergs	31
Ein Leben nach der Uhr	36
Familienausflug	47
Frühstück am Sonntag	52
Glück im Unglück	57
Der Mountain-Biker	66
Rendezvous	82
Schickimicki	94
Nichts ist mehr, wie es war	97
Treppenhausgespräche	115
Halt die Klappe, Omi!	118
Unsere kleine Bar	121
Vollmond	125
Tanz am Meer	131

Das Foto

„Sag mal alter Junge, was ist zurzeit mit dir los? Du bist so unkonzentriert, gibt es etwas, was ich nicht weiß?"

Gequält schaute Markus seinen Freund an und nahm einen kräftigen Schluck aus seinem Glas.

„Alex, ich habe mich total verliebt."

„Das ist doch toll! Wer ist denn die Glückliche, kenne ich sie?"

„Nein, ich kenne sie auch nicht persönlich."

Jetzt wurde Alex neugierig. Er kannte seinen Freund nun schon ein halbes Jahrhundert, aber so hatte er ihn noch nicht erlebt.

„Soll das heißen, dass du SIE noch nie gesehen hast?"

„Ich habe sie im Internet kennen gelernt."

„Durch´s Internet? Auch das noch! Etwa durch ein Partnerschaftsportal? Das kann doch alles nicht wahr sein!"

„Nein, natürlich nicht. Ich lese ab und an in dem Schriftstellerforum. Dort ist sie mir mit ihren Krimi-Kurzgeschichten aufgefallen und dann habe ich ihren Namen bei Google eingegeben und Fotos von ihr gesehen. Ich weiß auch nicht wie so etwas geschehen konnte, aber wir haben so einen anregenden E-Mail-Kontakt und sie gefällt mir so sehr, dass ich schon immer sehnsüchtig auf Antwort von ihr warte und ohne nicht einschlafen kann."

Alex sah seinen Freund an und schüttelte mit dem Kopf, er konnte es nicht glauben, was ihm Markus da erzählte.

„Mensch Markus, komm mal auf den Boden der Tatsachen zurück! Man kann sich doch nicht in eine Person verlieben, die man nur von Fotos und Mails kennt. Du kennst ihre Stimme nicht, du weißt nicht wie sie riecht, du weißt nicht einmal ob sie verheiratet ist oder in einer Beziehung lebt. Du warst noch nicht mal mit ihr in der Kiste und dann sprichst du von Liebe? Man, was machst du nur für dumme Sachen. Du bist doch keine 18 mehr! Vielleicht spielt die Dame ja nur mit dir und lacht sich ins Fäustchen, wenn du ihr mit schmachtenden Worten schreibst. Weiß sie denn wenigstens wie du aussiehst?"

Markus senkte seinen Blick, als er antwortete: „Nein, sie weiß auch nicht mein Alter. Ich habe ihr erzählt, was ich beruflich gemacht habe und dass ich sehr sportlich bin. Nach einem Foto von mir hat sie nie gefragt."

„Sag mal Alter, merkst du es noch? Die will doch nix von dir. Die benutzt dich doch nur für eine neue Geschichte. Und du fällst auf so ein Luder herein?"

„Alex, jetzt mach aber mal einen Punkt. Unsere E-Mail-Gespräche sind so intensiv und voller Poesie. Du hast überhaupt keine Ahnung von solchen Gefühlen."

„Ha Markus, wenn die Gespräche so intensiv wären, dann wüstet ihr mehr voneinander. Ach übrigens, wie lange geht denn das schon mit euch?"

Markus überlegte kurz und sagte dann: „Es werden jetzt sieben Monate."

„Was, sieben Monate!? Und wie oft schreibt ihr euch so in der Woche?"

„Mehrmals am Tag."

„Ja sag einmal, wenn du so verknallt bist, warum habt ihr euch dann noch nicht getroffen? „

„Liebend gern, aber wie soll ich das machen? Sie ist immer viel auf Reisen und hat wenig Zeit. Mein sehnlichster Wunsch ist, SIE, endlich kennenzulernen.

Alex war jetzt aufgestanden und ging im Raum hin und her. Krampfhaft überlegte er, wie er seinem Freund dabei helfen könnte.

„Du Markus, weißt du, wann und wo ihre nächste Lesung stattfindet?"

„Ja, das hat sie mir vorgestern geschrieben, dass sie ihr neues Buch „Liebe ohne Wiederkehr" vorstellen wird. Jetzt in der Vorweihnachtszeit hat sie mehrere Lesungen."

„Na, dann werde ich dich zu einer dieser Lesungen begleiten. Da sie dich ja nicht kennt, können wir ganz ungezwungen mit ihr in Kontakt treten und mit ihr über ihr Buch diskutieren. Was hältst du davon?"

„Mensch Alex, das ist die Idee!" sagte Markus freudestrahlend.

„Ja, und überhaupt ist das die Chance für dich, mal endlich in die Pötte zu kommen! Sollte dir die Krimi-Tussi nicht gefallen, dann musst du ihr ja auch nicht mehr schreiben."

Am 6. Dezember war es dann soweit. Die Freunde waren auf dem Weg zur Lesung von Laura Herbst. Markus wurde immer einsilbiger und Alex flachste herum. Nach einer Stunde Fahrt hatten sie das Stadt-Café erreicht. Sie stellten das Auto ab und gingen in das weihnachtlich geschmückte Café. Die kleinen Tische waren mit Kaffeegeschirr eingedeckt und jeder konnte sich am Kuchenbuffet selbst bedienen. Vorne war ein kleines Podium mit einem roten Ledersessel, einem kleinen Tischchen und Mikrofon aufgebaut. Die Caféhaus-Lesungen waren sehr beliebt und wurden in der

Vorweihnachtszeit sehr angenommen. Markus war sichtlich nervös und er schaute sich ständig um, in der Hoffnung, Laura zu entdecken. Sie bedienten sich am Kuchenbuffet, als Laura auf ihren High Heels an ihnen vorbeirauschte. Sie ging geradewegs aufs Podium zu. Sie trug ein auf Taille geschnittenes dunkelrotes Kostüm mit kurzem engen Rock. Markus bekam seinen Mund nicht wieder zu und Alex war auch hin und weg. Jetzt konnte er seinen Freund verstehen. Donnerwetter! Die Frau könnte ihm auch gefallen.

Laura nahm auf dem roten Sessel Platz, schlug ihre schlanken Beine übereinander und nahm das Mikrofon in die Hand, begrüßte die Zuhörer ganz herzlich und erzählte einiges von sich privat, bevor sie mit der Lesung begann. Die Freunde bekamen von der Lesung nichts mit, sondern starrten fasziniert auf die Autorin.

In der kleinen Pause, meinte Alex, dass es jetzt doch mal an der Zeit wäre mit dem heißen Weib ins Gespräch zu kommen. Er hatte den Satz noch nicht ganz ausgesprochen, als Laura lächelnd vor ihrem Tisch stand und sagte: „Guten Tag Markus, schön dass wir uns so einmal kennen lernen."

Den Freunden verschlug es die Sprache.

Dann stotterte Markus: „Du, du kennst mich? Ich habe dir doch nie ein Foto von mir geschickt."

„Ach Markus, du glaubst doch wohl nicht, dass ich mich monatelang mit einem Mann schreibe, dessen Äußeres ich nicht kenne. Da du mir von deinem Beruf und sportlichen Aktivitäten am Anfang geschrieben hast, war es für mich nur ein kleines, über die Suchmaschine Google ein Foto von dir heraus zu bekommen."

Jetzt ging sie auf Alex zu und lachend fragte sie: „Und wer sind Sie?"

„Alex Augen blitzten, als er antwortete:" Ich bin Markus sein alter Weggefährte."

„Wie schön auch Sie kennenzulernen."

Laura hakte sich bei Alex ein und fragte, ob er ein Gläschen Schampus mit ihr trinken würde. Sie drehte sich zu Markus um und zeigte in Richtung einer kleinen, korpulenten Frau, die gerade den Autorentisch aufräumte. Das ist Frau Schön, sie ist meine Sekretärin. Sie beantwortet meine Post und schreibt auch die E-Mails für mich.

Das besondere Paket

Es kam mit der Morgenpost: ein ganz normal aussehendes Paket in braunem Packpapier und verschnürt mit derber Doppelschnur. Es unterschied sich in nichts von den tausenden anderen Paketen, wie sie die Postboten tagtäglich austragen. Mit diesem aber hatte es eine besondere Bewandtnis – eine ganz besondere...

Barbara Stern, noch müde von der Geburtstagsparty ihres Sohnes, nahm das gewichtige Paket mit in die unaufgeräumte Küche und stellte, nachdem sie das schmutzige Geschirr beiseite geräumt hatte, auf den Tisch. Vergebens suchte sie nach einem Absender. Sie nahm die Schere zur Hand und schnitt den groben Bindfaden durch. Vorsichtig öffnete Barbara das Paket und zum Vorschein kamen alte abgewetzte schwarze Kladden und eine vergilbte Mappe mit Briefen. Obenauf lag ein Brief ihrer Großtante Luise.

„ *Liebe Barbara.*

wie Du ja weißt, bin ich inzwischen über achtzig Jahre alt und darum möchte ich meinen Nachlass ordnen. Viel habe ich nicht. Sechzig Jahre lang habe ich die Gedichte und Briefe meines verstorbenen Bruders Fritz heimlich aufbewahrt. Meine Eltern und Geschwister – Gott hab' sie selig – wussten nichts davon. Heute übergebe ich sie Dir, weil ich davon überzeugt bin, dass Du sie, liebe Barbara, nicht auf den Müll wirfst. Du wirst die richtige Entscheidung treffen..."

Barbara las den Brief zu Ende und wusste nicht so recht, was sie davon halten sollte.

Im Verlauf der nächsten Wochen war es Barbara zur lieben Gewohnheit geworden, allabendlich in den alten Kladden und Briefen zu lesen. Sie lernte einen sensiblen, unglücklichen Menschen kennen, der offenbar eine außergewöhnliche Begabung hatte und der mit Gott und der Welt in Missklang stand. Anerkennung seiner Dichtkunst fand Fritz Möller nur im Kreise seiner wenigen Freunde, aber nicht im Elternhaus. Damals nannte man das: brotlose Kunst. Einige Monate im Jahr verbrachte er auf der Insel Borkum. Dort entstanden Dichtwerke über die Menschen, das Meer und den Wind, auch Bühnenstücke und Kurzgeschichten. Mit nur 29 Jahren setzte er seinem Leben ein Ende, in dem er sich erschoss. Seine Schwester Luise wurde von der Familie, für die der Freitod ihres Sohnes eine Schande war, auf die Insel geschickt, um die Formalitäten einer Bestattung vor Ort zu regeln. So kam sie in den Besitz seines Nachlasses.

Barbara fragte sich: Warum sollten nicht auch andere Menschen Gefallen an den lyrischen Werken finden und ließ sich im Literaturbüro einen Termin geben, um einmal fachmännischen Rat einzuholen.

Das Büro befand sich im obersten Stockwerk, unter dem Dach der Landesbibliothek. Frau Dr. Eggers – Lektorin und Buchautorin – nahm sich viel Zeit zum Lesen der Gedichte. Dann meinte sie: „Wissen Sie eigentlich, Frau Stern, dass sie einen Schatz geerbt haben?"

„Wie meinen Sie das?"

„Ich habe in den letzten Jahren schon sehr viel Lyrik zu Gesicht bekommen" sagte die Lektorin, „aber diese hier stellen alles in den Schatten. Ich bin ganz begeistert! Der Verfasser war seiner Zeit weit voraus und die Prosadichtung passt sogar in unsere schnelllebige Zeit."

„Was kann ich denn tun, Frau Dr. Eggers?"

„Wir müssen einen Verleger finden, der bereit ist, ein Buch mit einer Kurzbiographie über Fritz Möller herauszubringen, um es der breiten Öffentlichkeit vorzustellen."

Spontan bot die Lektorin ihre Hilfe an, sich um alles Weitere zu kümmern.

Drei Wochen später erhielt Barbara Stern die Zusage eines großen hiesigen Verlages, die Werke Ihres Großonkels zu drucken. Mit Volleifer wurde fast ein Jahr an dem Buch gearbeitet und Barbara durfte an der Biographie mitwirken.

Endlich war es soweit, Weihnachten stand vor der Tür, als das Buch „Gedichte aus der Heimat" in sämtlichen einheimischen Buchhandlungen zu erhalten war. Auch die Presse hatte in ihrer Kulturausgabe nicht mit Lob und Anerkennung gespart und einen ausführlichen Bericht über den „Heimatdichter" verfasst.

Im überfüllten Saal der Stadthalle hatten sich Menschen von Rang und Namen eingefunden, um an der offiziellen Ehrung des Dichters teilzunehmen. Auch Tante Luise war gekommen. Der Direktor der Landesbibliothek ließ es sich nicht nehmen, in seiner Ansprache darauf hinzuweisen, dass die Werke von Fritz Möller nur durch einen glücklichen Zufall gerettet werden konnten. Wörtlich meinte der Direktor: „Diese Werke sind ein Stück ländlicher Kultur- und Literaturgeschichte, deren Pflege dem Landesverband in besonderem Maße aufgetragen ist. Das Literaturarchiv unserer Bibliothek hier, ist der legitime und würdige Aufbewahrungsort des schriftstellerischen Nachlasses von Fritz Möller."

Ergriffen fasste Tante Luise Barbaras Hand und flüsterte ihr zu: „Mein Paket war doch etwas ganz Besonderes…"

Der Waldspaziergang

Jeden Sonntagmorgen – bei Wind und Wetter – machte Papa Friedhelm einen Spaziergang mit seinen Söhnen durch Wald und Flur. So war es auch an einem Sonntag im August.

In der Nacht hatte es heftig geregnet, dadurch war der Waldboden aufgeweicht und am Boden stieg Dunst empor, der alles in Nebel einhüllte. Der Tannenhäher flog von Ast zu Ast und ließ seinen Warnruf ertönen.

Stefan und Christian gingen einige Meter voraus, blieben abrupt stehen und machten ihren Vater auf ein merkwürdiges Geräusch aufmerksam. Alle drei horchten sie. Und richtig: das blecherne Geräusch kam vom Hügel herüber. Sie schlichen durch das Unterholz auf die kleine Anhöhe und sahen durch das Buschwerk, wie zwei Männer, mitten in einer Tannenschonung, Nummernschilder von einem neuen Auto abmontierten. Ein Motorrad, mit einheimischem Nummernschild, stand etwas abseits.

Stefan, der Ältere, fragte: „Papa, was sollen wir tun?" „Ich glaube, wir müssen die Polizei verständigen, denn an der Sache ist was faul."

Christian war ganz aufgeregt: „Polizei? Dann müssen wir uns aber beeilen, bevor die weg sind!"

Der Vater kannte diese Gegend wie seine Westentasche und erinnerte sich, dass in unmittelbarer Nähe ein Bauernhof lag. Sie hasteten los und kamen außer Atem auf dem Hof an. Der Bauer, der gerade aus dem Schweinestall kam, hörte sich die Geschichte aufmerksam an, dann wurde sofort die Polizei verständigt.

Inzwischen hatte Mutter Anne ihr Mittagessen zubereitet und wunderte sich, dass ihre „Männer" nicht erschienen. Langsam wurde sie nervös und schaute alle Augenblicke aus dem Fenster. Nichts tat sich. Das Telefon klingelte und sie nahm hastig den Hörer ab. Ihr Mann rief von der Polizeiwache aus an und erklärte kurz die Verspätung.

Einige Zeit später stürmten die „Drei" ins Haus und machten sich über das Essen her. Sie hatten einen Bärenhunger und mit vollem Mund erzählten sie ihr Abenteuer.

Am nächsten Tag konnte man in der Zeitung lesen, dass die festgenommenen Männer, einer Autoknacker-Bande angehörten.

Der schwarze Heinrich

Auf einer unserer zahlreichen Radtouren ins Grüne, entdeckten wir einen beringten Täuber, der am Wegesrand saß und einen erbarmungswürdigen Eindruck machte. Verletzt und bis auf die Haut und die Knochen abgemagert, war er nicht mehr in der Lage, zu fliegen.

Kurz entschlossen, nahmen wir ihn mit nach Hause und setzten ihn in unsere Garten-Voliere, zu den anderen Invaliden. Die Nachbarschaft kannte die Vogelliebhaberei meines Mannes und so kam es immer wieder vor, dass verletzt aufgefundene Tiere bei uns Einzug hielten.

„Heinrich", so nannten wir den Täuber, erholte sich nur langsam. Inzwischen war es Herbst geworden, als wir ihn frei ließen. Er hatte sich zu einem prächtigen Täuber entwickelt und seine Rundflüge weiteten sich aus. Eines Tages kam Heinrich nicht mehr zurück und wir vermuteten, dass er in seinen heimatlichen Schlag zurückgeflogen war.

Einige Tage später, ich stand in unserer Waschküche und sortierte Wäsche, hörte ich ein leises Gurren. Da das Fenster zum Hof offen stand und auf unserem Dach ständig Tauben saßen, nahm ich weiter keine Notiz davon. Als ich am nächsten Tag wieder dieses klägliche Gurren vernahm, wurde ich doch neugierig und horchte genauer hin und tatsächlich, die Laute kamen aus dem Schornstein, an dem die Heizung angeschlossen war. Vorsichtig öffnete ich die Eisenklappe und sah nur ein „rußiges Etwas". Es war Heinrich, total abgemagert, aber er lebte. Wieder verbrachte er Wochen in der Voliere, aber dieses Mal erholte er sich schneller. Bevor er freigelassen wurde, befestigten wir unsere Anschrift an seinem Fußring, in der Hoffnung, seine Herkunft zu erfahren. An einem Wochenende im April drehte Heinrich auffällig kleine Start- und Landeflüge über unserem Dach. Wir hatten das Gefühl, er wollte sich von uns verabschieden. Mit einem lachenden und einem weinenden Auge schauten wir ihm nach.

Unsere Freude war groß, als wir vier Wochen später einen Brief aus Mecklenburg-Vorpommern erhielten, in dem uns die glückliche Heimkehr von unserem schwarzen Heinrich mitgeteilt wurde.

Der Schweineöhrchen-Kater

Es war schon weit nach Mitternacht. Die Turmuhr der Kirche schlug zwei, als ich noch immer am Fenster saß und in den dunklen Garten hinunter schaute. Am Tag war dies mein Lieblingsplatz. Die alte Buche verlor ihr Laub und ich sah den Blättern zu, wenn sie im Wind auf- und ab tanzten. Der Herbst hatte Einzug gehalten und viele Singvögel hatten den Garten verlassen, um in die Wärme des Südens zu ziehen. Die Amseln hüpften Futter suchend über den Rasen und die Meisen durchstöberten Bäume und Sträucher nach Essbarem. „Kannst du auch nicht schlafen?" kam es leise vom Sofa herüber, auf dem der verletzte Ronni lag. "Nein, der Gedanke an morgen raubt mir den Schlaf", antwortete ich traurig.

„Ich kann dich gut verstehen, aber du hast wenigstens noch deine Schwester, alle anderen hier haben niemanden mehr und einen Krüppel wie mich nimmt doch keiner."

„Ruhe! Seid doch endlich still! Andere wollen schließlich schlafen!" wetterte Willi aus der

Dunkelheit. „Der hat es gerade nötig zu meckern, wo der doch am Tage der Wildeste ist", stellte ich fest. „Ach, lass ihn, er ist doch noch so klein und verspielt", sagte Ronni mit seiner ruhigen Stimme. Irgendwann in dieser Nacht schlief ich dann doch noch ein und wurde erst wieder wach, als die ersten Sonnenstrahlen durchs Fenster fielen. Es herrschte ein geschäftiges Treiben im Raum. Paula und Sissi – unsere ältesten Damen – saßen schon auf ihren gepolsterten Stühlen und waren unermüdlich damit beschäftigt, ihr Äußeres zu verschönern. Ich rieb mir die Augen, reckte und streckte mich und verbrachte die erste Stunde des Tages damit, mich gründlich zu putzen. Meine kleine Schwester Bibi lag eingerollt neben mir und schlief tief und fest. Wir sahen uns zum Verwechseln ähnlich, nur mit dem Unterschied, dass ich ein bisschen rundlicher war und hellrosa Ohren hatte.

Der kleine schwarze Willi raste schon durch das Zimmer und turnte über Tisch und Schränke. Nichts war ihm hoch genug, sogar die Gardinen musste er erklimmen. Inzwischen waren alle Futternäpfe dicht umlagert, und ein großes Schmatzen begann.

Seit vier Monaten lebten wir mit unseren Artgenossen in diesem Raum, der mit alten Wohnzimmermöbeln eingerichtet war. Wir waren ein zusammengewürfelter Haufen, und jeder hatte seine eigene traurige Geschichte. Am schlimmsten hatte es aber Ronni erwischt.

Schwerverletzt wurde er an der Autobahn gefunden. Die Menschen, bei denen er lebte, hatten ihn auf den Weg in den Urlaub aus dem Auto geworfen. Ein Bein musste ihm abgenommen werden, aber er ertrug es mit großer Geduld. Ich mochte ihn ganz besonders. Er war schon über zehn Jahre alt und hatte sehr viel erlebt und seinen Geschichten lauschten alle gern.

Meine trüben Gedanken holten mich schnell wieder ein. Es war Wochenende und Weihnachten stand vor der Tür. Laufend kamen Leute mit Kindern in unser Tierheim, um sich eine Katze oder einen Hund unter den Tannenbaum zu legen. Ja, das wiederholt sich jedes Jahr, und wenn dann das Fest vorbei ist, landen viele Tiergeschenke wieder im Heim. Zuerst ist die Freude der Kinder groß, aber wenn es dann um die Verantwortung geht, ist die anfängliche Euphorie vorbei und wir sind dann nur noch eine Belastung.

Für heute hatten sich drei Familien angesagt. Vielleicht würde eine von uns ein neues Zuhause bekommen. Alle hofften darauf, nur ich nicht. Panik erfasste mich, wenn ich nur daran dachte, dass meine Schwester Bibi und ich getrennt würden. Was konnte ich kleiner Kater dagegen tun?

Es dauerte auch nicht lange, da hörte ich Schritte und Stimmen auf der Treppe. Die Tür ging auf und Frau Sommer, unser Tierschutzfrauchen, kam mit einer Frau mittleren Alters und einem jungen Mann herein. Gleich wurden die Drei von meinen Zimmergenossen umringt und ein Miau-Konzert setzte ein. Ich saß ganz still hinten auf dem Kratzbaum am Fenster, von da aus konnte ich alles aus angemessener Entfernung überblicken. Bibi, von Natur aus sehr scheu, hatte sich Gott sei Dank unter einem Hocker verkrochen. Die Frau war sichtlich erstaunt über uns vierzehn Findelkatzen.
„Na, Frau Buchwaldt, dann schauen Sie sich mit Ihrem Sohn mal in Ruhe um. Wie ich Ihnen ja schon am Telefon erklärt habe, gebe ich Katzen nur unter der Bedingung ab, dass sie in der Wohnung gehalten werden."

„Ich weiß, Frau Sommer. Unser Tommy ist von einem Auto überfahren worden und darum soll es wieder ein kleiner Kater sein", erwiderte Frau Buchwaldt, dabei schaute sie auf Willi, der seine akrobatischen Künste auf den Schultern des jungen Mannes fortsetzte.

„Er sollte auch so ähnlich aussehen und ein getigertes Fell haben", fügte sie noch hinzu. Zufrieden lehnte ich mich zurück, denn mit unserem schwarzweißen Fell würden wir nicht in Betracht kommen. Ich drehte mich um, schloss meine Augen, und meine Gedanken gingen zurück in den Juni.

Es war die Zeit, als wir mit unserer Mutter im Park der alten „Villa Daheim" lebten. Unser Zuhause war der Abstellschuppen des Gärtners. Ausgelassen tollten wir zwischen Rasenmähern, Harken, Spaten und Blumentöpfen herum. Die aufgestapelten Holzkisten benutzten wir, um uns zu verstecken. Mit den Blumenzwiebeln spielten wir Fußball. Inzwischen waren die Hausbewohner der Villa auf uns aufmerksam geworden. Täglich verwöhnten sie uns mit Leckereien und Streicheleinheiten.

Ach... war das eine herrliche Zeit, ohne Sorgen und Ängste. An einem Vormittag im Juli überschlugen sich die Ereignisse. Die mollige Heimleiterin der „Villa Daheim" stampfte über den Rasen und kam geradewegs auf unseren Schuppen zu und mit hochrotem Gesicht schrie sie den Gärtner an: „Wie können Sie es zulassen, dass die Altenheimbewohner sich um Katzen kümmern! Es ist unverantwortlich, schon aus hygienischen Gründen! Ich bin schließlich für die alten Menschen verantwortlich! Wo kämen wir denn hin, wenn man Tiere in Altenheimen erlauben würde!" Schon eine Stunde später wurden wir eingefangen, und Frau Sommer vom Tierschutzverein sagte zu den alten Menschen, die mit traurigen Mienen von uns Abschied nahmen: „Wenn ich etwas zu sagen hätte, dann dürften Sie die Kleinen behalten und versorgen."

„Mama! Sieh mal, die kleine Katze unter dem Hocker, die hat ein hübsches Gesicht und ein wunderschönes Fell!"
Oh, nein! Er hatte sie entdeckt, meine Schwester Bibi. Jetzt nur nicht nervös werden, dachte ich.

Und immer, wenn ich besonders aufgeregt bin, fange ich ganz laut an zu schnurren.

„Ist das ein Kater?" fragte Frau Buchwaldt und zeigte auf Bibi. „Nein, eine Katze", erwiderte Frau Sommer und kam direkt auf mich zu. Sie hob mich auf ihren Arm, und während sie mich kraulte, sagte sie: „Das hier ist unser Schmuser und ganz, ganz lieb."

Recht hatte sie. Ich schmuse für mein Leben gern, nur nicht jetzt! „Der hat ja Schweineöhrchen", lachte Frau Buchwaldt und streichelte mich. Jetzt war ich sauer. Ich und Schweineöhrchen. Nein, so was! „Bommel und Bibi sind Geschwister und fünf Monate alt", erklärte Frau Sommer. Jetzt meldete sich der Sohn Stefan zu Wort: „Mama, wir nehmen diese Katze", und er hielt meine kleine Schwester hoch. Meine Gedanken überschlugen sich, und mein Herz raste fürchterlich; würden wir jetzt für immer getrennt? Ich war so aufgeregt, dass ich zweimal hinhören musste, als Frau Buchwaldt zu ihrem Sohn sagte: „Weißt du was? Wir nehmen sie beide, denn Geschwister soll man nicht trennen." Hurra! Ich war überglücklich, wir bleiben zusammen! Freudestrahlend setzte uns Stefan

vorsichtig in den Transportkorb, der mit einer weichen Decke ausgelegt war.
Aufgeregt kuschelten wir uns aneinander und mit großen Kulleraugen verfolgten wir die Fahrt. In unserem neuen Zuhause lernten wir dann noch Vater Buchwaldt und den jüngsten Sohn Christian kennen, die uns ganz herzlich empfingen.

Ja, das ist nun schon alles fünf Jahre her, und Bibi und ich haben schon so manches große und kleine Abenteuer hier in unserem schönen, großen Haus erlebt.
Oh, ich muss Schluss machen, denn „Oskar der Wilde", unser Nachbarkater, schleicht durch den Garten. Ich bin nur gespannt, was er sich heute wieder einfallen lässt, um auf sich aufmerksam zu machen…

Tschüss, Euer „Schweineöhrchen-Kater" Bommel

Die Sonnenbergs

Es war früh morgens, an einem Samstag im Hochsommer. Ich bezahlte gerade meine ofenfrischen Brötchen, als ich die Stimme meiner Nachbarin, Frau Wachtmann, vernahm.
„Morgen, Frau Conrad, auch schon so früh auf?"
„Bei dem schönen Wetter hält mich nichts mehr im Bett und ich hoffe, dass mein Mann gleich den Kaffee fertig hat", antwortete ich. Lachend verließen wir die kleine Bäckerei und machten uns gemeinsam auf den Heimweg.
„Haben Sie das vorgestern Abend auch mitbekommen?"
„Was denn?" fragte ich zurück.
„Nun, die Sonnenbergs haben sich mal wieder beschwert. In das Haus von Dr. Stieglitz ist eine Familie mit drei kleinen Kindern und zwei Hunden eingezogen. Während der Einweihungsparty kam die Polizei. Ich brauche Ihnen ja wohl nicht zu sagen, wer die gerufen hat."
Wir wohnen in einer Sackgasse mit nur neun Häusern und elf Familien. Da kennt natürlich jeder

jeden. Im Laufe der Jahre ist eine kleine, verschworene Gemeinschaft daraus entstanden, und jedes Jahr im September findet ein Straßenfest statt, an dem alle Bewohner – ob jung ob alt – teilnehmen. Nur unsere Nachbarn, Sonnenbergs, lehnen alles ab, was mit Nachbarschaft und Feiern zu tun hat. Seit drei Jahren wohnen sie neben uns, aber zu mehr als „Guten Tag" und „Schönes Wetter heute" sind wir trotz Bemühungen nicht gekommen. Im Sommer verbringen sie bei gutem Wetter den ganzen Tag lesend in ihren Liegestühlen, die immer ganz dicht nebeneinander stehen, auf ihrer Terrasse.

„Stellen Sie sich vor", sagte Frau Wachtmann, „wenn einem unserer Kinder der Ball auf das Grundstück gefallen ist, mussten sie jedes Mal betteln, um ihn wiederzubekommen. Einmal ist unsere Schildkröte Moritz durch die Hecke gekrabbelt und auf Sonnenbergs Rasen gelandet. Mein Gott, was haben sich die beiden aufgeregt! Wissen Sie, Frau Conrad, Menschen, die ihre Nase so hoch tragen, sind mir unsympathisch, und darum beachten wir sie nicht mehr."

„Sie haben ja recht, Frau Wachtmann, nur glaube ich, dass solche Menschen sehr unzufrieden und

unglücklich sind."
Wir hatten unser Gartentor erreicht und ich verabschiedete mich von meiner Nachbarin.

„Seltsam", sagte mein Mann, als wir beim Mittagessen saßen, „die Sonne scheint, und von Sonnenbergs ist bis auf die Liegestühle noch nichts zu sehen."
Von unserem Küchenfenster konnte man die Terrasse sehr gut einsehen.
„Sieh mal, der eine Liegestuhl ist umgefallen, und die Terrassentür steht einen Spalt offen."
„Tatsächlich, vielleicht haben sie heute keine Lust, sich in die Sonne zu legen", erwiderte mein Mann.
Obwohl es zunehmend schwüler wurde, werkelten mein Mann und ich bis zum Abend im Garten. Der Himmel verdunkelte sich und Wind kam auf, als ein Gewitter aufzog. Aus der Ferne hörte man es schon grummeln. Schnell räumten wir Harke, Schubkarre und Rasenmäher unter die Pergola, als wir ein Klappern vernahmen. Wir horchten und stellten fest, dass das Geräusch von Sonnenbergs Terrassentür herüberkam, die noch immer offen stand. Uns war die Sache nicht geheuer, zumal wir sie den ganzen Tag noch nicht gesehen hatten. Die

ersten dicken Regentropfen fielen, als wir gemeinsam über den Rasen auf die offen stehende Tür zugingen. Laut riefen wir, ob jemand zuhause sei. Nichts rührte sich. Vorsichtig betraten wir das Wohnzimmer, und der Schreck fuhr uns in die Glieder. Bücher, Zeitschriften, Porzellan und Bestecke lagen verstreut auf dem Fußboden. Sämtliche Schranktüren standen offen und Schubkästen waren durchwühlt. Sogar die Polster waren aufgeschlitzt. Mutig und mit klopfenden Herzen machten wir uns auf die Suche nach den Bewohnern. Im Heizungskeller entdeckten wir sie, geknebelt und gefesselt am Boden liegend. Nachdem wir unsere Nachbarn befreit, die Polizei und den Notarzt verständigt hatten, erzählte Herr Sonnenberg, dass er und seine Frau letzte Nacht von drei Männern brutal überfallen worden waren. Frau Sonnenberg, die ziemlich elend aussah und am ganzen Körper zitterte, wurde ärztlich versorgt. Langsam erholte sie sich von dem Schock. Später, als die Polizei ihre Spurensicherung beendet und das Haus verlassen hatte, erfuhren mein Mann und ich, dass Herr Sonnenberg eine renommierte Galerie in der Stadt besitzt und die Einbrecher mit großer Wahrscheinlichkeit nach Kunst-

Gegenständen gesucht haben. Nach all der Aufregung tranken wir noch einen Cognac zusammen, dann verabschiedeten wir uns und gingen nach Hause.

Zwei Tage später standen unsere Nachbarn mit einem großen Blumenstrauß vor unserer Haustür und bedankten sich für unsere Hilfe.

Nach unserem alljährlichen Straßenfest traf ich Frau Wachtmann beim Brötchenholen und wieder machten wir uns gemeinsam auf den Heimweg.

„Na, Frau Conrad, sind Sie jetzt enttäuscht?"

„Das kann man wohl sagen."

Frau Wachtmann beugte sich leicht vor und flüsterte mir zu: „Sie hätten die Sonnenbergs im Keller liegen lassen sollen, dann wäre die Polizei nicht wieder auf unserem Straßenfest erschienen. Glauben Sie mir, solche „Spießer" ändern sich nie. Undank ist der Welten Lohn.

Ein Leben nach der Uhr

Es war an einem Freitag im Oktober, als Walter Heitkötter sein Büro um 16.30 Uhr verließ. Beim Verlassen der Eingangshalle rief ihm der Pförtner zu: „Pünktlich wie immer, Herr Heitkötter!" „Stimmt Herr Meier, stimmt. Schönes Wochenende." „Danke gleichfalls", kam es zurück.

Er trat aus dem Gebäude auf die Straße und ein kalter Wind blies ihm ins Gesicht. Gewohnheitsmäßig zog Heitkötter seinen Hut tiefer und schlug seinen Mantelkragen hoch. Wie jeden Abend bestieg er die Linie 701, während er seine Monatskarte vorzeigte, wechselte er ein paar belanglose Worte mit dem Busfahrer Herbert Niewald, der schon seit Jahren diese Linie fuhr.

„Heute hatten wir noch mal Sonne", sagte Heitkötter.

„War jedoch recht windig, es soll am Wochenende Regen geben", erwiderte Niewald. Nickend ging Walter Heitkötter weiter und setzte sich auf den gleichen Platz wie jeden Abend. Er las die

Tageszeitung und freute sich auf den Freitagabend-Krimi im Fernsehen. Bei einer Flasche Bier wollte er es sich so richtig gemütlich machen. Heitkötters Leben verlief nach der Uhr, aber er war sehr zufrieden damit. Wenn er die Probleme seiner Kollegen hörte, die sie mit Frau und Kindern hatten, war er jedes Mal froh, nicht mit einer Familie belastet zu sein. Er war sein eigener Herr und konnte tun und lassen, was er für richtig hielt.

An der Haltestelle „Mozartstraße" verließ er den Bus, klemmte sich seine Aktenmappe fester unter den Arm und bog über die kleine Holzbrücke in die Allee, an deren Ende sich sein Einfamilienhaus befand. Den Hauseingang, der mit Efeu berankt war, konnte er von weitem einsehen, und er wunderte sich über die Person, die vor seiner Haustür saß. Beim Näherkommen erkannte er einen jungen Mann, der auf der Gitarre spielte und dazu leise sang. Jetzt beschleunigte Heitkötter seinen Schritt, denn über so viel Dreistigkeit war er empört. Musste der Typ ausgerechnet vor seiner Haustür sitzen? Forsch durchschritt er den Vorgarten und ging den Kiesweg auf den Eingang zu. Wütend rief er: „Was fällt Ihnen ein, sich vor meine Haustür zu setzen und Gitarre zu spielen! Können Sie nicht woanders betteln gehen?"

Der junge Mann erhob sich und Heitkötter sah in ein schmales, offenes Gesicht, aus dem ihn ein Paar hellblaue Augen unverwandt ansahen. Sein Blick glitt an dem großen, etwas zu dünn geratenen Gitarrenspieler herunter, der mit zerfransten schwarzen Jeans, Turnschuhen und einer schwarzen, abgewetzten Lederjacke bekleidet war. Unter einer kleinen, runden, dunkelgrauen Häkelmütze waren lange Haare zu einem Pferdeschwanz zusammengebunden. Ein großer Rucksack, an dem ein Schlafsack befestigt war, lag auf der untersten Treppenstufe. Schweigend musterten sie sich, bis der junge Mann das Wort ergriff: „Sie sind doch Walter Heitkötter und Finanzbeamter?"

„Ja, der bin ich", erwiderte Heitkötter ärgerlich.

„Ich bin der Olaf Hansen und komme aus Burhave."

„Soso, und was geht mich das an?" fragte Heitkötter und schüttelte den Kopf.

„Ich glaube eine ganze Menge", erwiderte der Jüngere. „Sie waren doch mal mit Waltraut Hansen liiert", und er reichte dem Älteren ein Foto von einer jungen Frau. Irritiert antwortete Heitkötter: „Ja, ja, aber das ist schon eine Ewigkeit her."

„Hey, Dad! Endlich habe ich dich gefunden!"

„Momentmal, was heißt hier Dad!? Da könnte ja jeder kommen und behaupten, er sei mein Sohn. Nicht mit mir!"

Olaf trat einen Schritt vor und holte einen verschlossenen Brief aus dem Seitenfach seines Rucksacks.

„Hier, diesen Brief hat mir meine Mutter, kurz vor ihrem Tod, für dich gegeben."

„Waltraut ist tot?" fragte Heitkötter mit versöhnlicherem Ton und fügte hinzu: „Ich glaube hier draußen können wir nicht stehenbleiben. Komm erst einmal herein", und er schloss die Haustür auf. Der junge Mann nahm seine Siebensachen und folgte ihm.

„Lebst du hier allein?" fragte Olaf und sah sich interessiert um.

„Ja, und das möchte ich auch in Zukunft", bemerkte Heitkötter brummig und hängte seinen Mantel und Hut ordentlich an die Flurgarderobe, putzte mit einem weichen Tuch über seine Schuhe, bevor er sie in den Schuhschrank stellte, dann schlüpfte er in seine Pantoffel.

„Hier links geht es ins Bad, eine Tür weiter ist die Küche und geradeaus ist das Wohnzimmer", erklärte er Olaf, der darauf schnell im Bad verschwand. Walter Heitkötter ging in die Küche nahm Tassen und Teller aus dem Schrank, um den Tisch zu decken. Routiniert setzte er Wasser für Tee auf und holte Reste von Wurst und Käse aus dem Kühlschrank, stellte die Pfanne auf den Herd und fragte Olaf, der im Türrahmen angelehnt stand, ob er auch Eier mit Schinken haben wolle.

„Ja, gern", erwiderte er freudestrahlend. „Seit heute Morgen habe ich nichts mehr gegessen." Ein herrlicher Duft von Gebratenem zog durch die Küche. Schweigend saßen sie sich gegenüber, und der junge Mann aß mit großem Appetit, dabei streifte sein Blick durch den Raum. Nach einer Weile bemerkte er: „Super Küche und alles aus

Massivholz. Sogar die Tisch- und Stuhlbeine sind gedrechselt."

Erstaunt sah Heitkötter hoch, und zum ersten Mal an diesem Abend huschte ein Lächeln über sein Gesicht, als er antwortete: „Ich habe alles selbst entworfen und selbst gebaut."

„Duuu? Das glaub ich nicht! Dafür braucht man Werkzeug und Maschinen."

„Vor langen Jahren habe ich mir im Keller eine Werkstatt eingerichtet. In meiner Freizeit arbeite ich gern mit Holz. Ach, was sage ich, es ist meine größte Leidenschaft", äußerte er mit Stolz in der Stimme.

„Super, einfach super!" rief Olaf und sprang begeistert auf, um sich alles aus der Nähe anzusehen. Zart strich er über die aufgesetzten Profilleisten an den Schranktüren und leise kam über seine Lippen: „Holz ist nur ein einsilbiges Wort, aber dahinter steckt eine Welt voller Märchen und Wunder."

Überrascht setzte Heitkötter seine Tasse Tee ab und fragte: „Woher kennst du das Zitat von Theodor Heuss?"

„Ich habe schon als Kind gern mit Holz gebastelt, und das ist bis heute so geblieben. Zurzeit suche ich hier in der Stadt eine Lehrstelle als Tischler, und danach möchte ich Innenarchitektur studieren", erklärte Olaf. Jetzt war Walter Heitkötter sprachlos. Nach einer Weile fragte er: „Wo übernachtest du eigentlich heute?"

Leise erwiderte Olaf: „Ich dachte... ich meine... vielleicht könnte ich ein paar Tage bei dir wohnen, nur so lange, bis ich ein möbliertes Zimmer gefunden habe."

Heitkötter zog seine Stirn kraus: „Aber nur so lange, bis du was gefunden hast, nicht einen Tag länger. So und jetzt zeige ich dir das Schlafzimmer."

Olaf lag auf dem Bett, die Hände hinter dem Kopf verschränkt. Seine Mutter war einige Monate tot und sein Wusch, nach dem Abitur, seinen Vater aufzusuchen, war in Erfüllung gegangen. Da lebte nun sein Vater allein ohne Anhang in einem so schönen Haus und war entsetzt darüber, einen Sohn zu haben. Grenzenlose Traurigkeit machte sich in dem Zwanzigjährigen breit, und er lag noch lange wach und starrte in die Dunkelheit.

Nachdem Heitkötter die Küche fein säuberlich aufgeräumt hatte, ging er hinüber ins Wohnzimmer. Im Kamin, den er mit Feldsteinen, selbst gemauert hatte, flackerte ein Feuer. Ruhelos ging er im Raum auf und ab. Von einem gemütlichen Wochenende war nichts mehr zu spüren. Immer und immer wieder ging ihm der Brief von Waltraut durch den Kopf. Erst jetzt erfuhr er, dass sie von ihren Eltern gezwungen worden war, ihr Kind bei Verwandten im Ausland auf die Welt zu bringen. Seine Briefe waren ungeöffnet an ihn zurückgeschickt worden, so dass er annehmen musste, Waltraut wolle nichts mehr von ihm wissen. Ein großes Problem tat sich vor ihm auf.

Zwei Monate lebte Olaf nun schon im Hause seines Vaters. Ständig kam es zu Auseinandersetzungen zwischen den beiden Männern. Mal war die Musik zu laut, mal war er nicht pünktlich zum Essen erschienen, ein andermal war sein Zimmer nicht aufgeräumt.

Manchmal hatte es den Anschein, als sei man sich näher gekommen, dann aber tat sich erneut eine Kluft zwischen Vater und Sohn auf. Es war ein Wechselbad der Gefühle und für Olaf nicht mehr zu ertragen. Kurzentschlossen packte er seine Sachen zusammen, legte eine kurze Mitteilung auf den Küchentisch und verließ das Haus.

Seit einer Woche hatte Walter Heitkötter sein Reich wieder für sich allein, und alles lag wie gewohnt ordentlich an seinem Platz. Kam er abends heim, klang keine Gitarre mehr durchs Haus oder ein „hallo Dad, wie war's im Büro?" zur Begrüßung. Die Stille, die er früher so genossen hatte, ging ihm plötzlich aufs Gemüt. Sein Essen schmeckte ihm nicht mehr, auch seinen Werkraum im Keller hatte er nicht mehr betreten. Ging das Telefon – was recht selten vorkam -, hoffte er, Olaf würde sich melden.

Es war Samstag kurz nach Mitternacht, als das Telefon läutete und sich eine männliche Stimme meldete: „Spreche ich mit Herrn Heitkötter, Walter Heitkötter?"

„Ja, der bin ich."

„Hier Oberarzt Dr. Großsorge vom Klinikum Lippe. Wir haben ihre Adresse bei Olaf Hansen gefunden. Sind Sie ein Angehöriger?"

„Ja, ich bin sein Vater!" rief Heitkötter aufgeregt in den Hörer, und seine Beine fingen an zu zittern.

„Was ist mit meinem Sohn?"

„Ihr Sohn hatte einen schweren Verkehrsunfall und liegt auf der Intensivstation. Es ist besser, Sie kommen. Wir kennen noch nicht das Ausmaß der inneren Verletzungen."

Völlig verzweifelt, geplagt von Selbstvorwürfen, saß Walter Heitkötter zusammengesunken auf dem Stuhl vor der Intensivstation des Klinikums Lippe. Alle paar Minuten sah er hoch auf die runde Uhr über der Eingangstür und er hatte das Gefühl, dass die Zeiger nicht vorwärts gingen. Huschte ein weißer Kittel vorbei, fragte er jedes Mal nach dem Befinden seines Sohnes und immer lautete die Antwort: „Sie müssen Geduld haben, die Ärzte tun ihr Bestes."

Die Nacht wollte kein Ende nehmen. Langsam stand er auf, seine Beine waren schwer wie Blei, als er im Flur auf und ab ging. Am Fenster blieb er stehen und öffnete es einen Spalt. Der Tag erwachte, ein Nebelschleier lag über der Stadt und er spürte eine frische Brise in seinem Gesicht. Plötzlich legte sich eine Hand auf seine Schulter. Erschrocken drehte er sich um, denn er hatte Dr. Großsorge nicht kommen gehört.

„Herr Heitkötter, Sie dürfen jetzt zu Ihrem Sohn, sein Zustand ist stabil", und lächelnd fügte er hinzu: „Wir gehen davon aus, dass er wieder ganz gesund wird."

Walter Heitkötter betrat den abgedunkelten Raum und erschrak über die vielen technischen Geräte, an die Olaf angeschlossen war. Ganz leise setzte er sich auf den Stuhl neben dem Bett. Behutsam umfasste er Olafs Hand und sah in das blasse, schmale Gesicht, das von einem dicken Verband umrandet war. Nach einer Weile öffnete Olaf die Augen. „Dad?"

„Ja, mein Sohn, ich bin es. Bleib ganz ruhig, es wird alles gut werden. Gemeinsam werden wir es schaffen."

Familienausflug

Es war Frühling, die Sonne strahlte und das erste zarte Grün löste sich aus den Knospen der Bäume, Sträucher und Hecken.

Froh gelaunt spazierte Familie Sommer in die Allee, eine mit Linden und Erlen dicht gesäumte Straße. Auf der linken Seite schlängelte sich ein Bachlauf, auf dem sich die Enten und Wasserhühner tummelten. Gegenüber standen herrschaftliche Villen umgeben von parkähnlichen Gärten.

Sebastian, ein aufgeweckter sechsjähriger Blondschopf, lief geradewegs auf eine Katze zu, die im hohen Gras am Ufer des Baches saß. Als er näher kam, hob sie ihren Schwanz und strich ihm um die Beine.

Die Eltern konnten gerade noch sehen, wie ihr Sohn durch ein Gartentor, hinter dem sich ein wunderschönes Anwesen verbarg, verschwand.

Sebastian rannte der Katze nach und landete hinter dem Haus auf einer großen Fallobstwiese. Unter einem blühenden Kirschenbaum saß ein alter Mann auf der Bank. Eine dunkelblaue Schirmmütze bedeckte sein silbergraues Haar. Als er den erschrockenen Blick des Jungen vernahm, musste er schmunzeln. Oskar, der Kater, legte sich neben sein Herrchen auf die Bank und schnurrte vor Zufriedenheit. Herr Wiegand, so hieß der alte Mann, stellte dem „Eindringling" einige Fragen und sie kamen in ein munteres Gespräch, was durch Vater Sommer jäh unterbrochen wurde. Der entschuldigte sich für das Verhalten seines Sohnes und verließ mit ihm den Garten.

Einige Wochen später, mittlerweile war es Mai und für die Jahreszeit viel zu warm. Sebastian dachte fast täglich an den freundlichen alten Mann und fasste den Entschluss, ihn zu besuchen.

Am Abend vorher wurde der kleine Rucksack mit Brot, Wurst und Süßigkeiten vollgestopft und der kleine Spazierstock bereitgestellt. Zum Schluss wurde auch noch das Sparschwein geschlachtet.

Morgens verabschiedete er sich wie immer von seiner Mutter, um in den Vorschulkindergarten zu gehen. An der nächsten Straßenecke änderte

Sebastian die Richtung und ging schnurstracks auf den Bahnhof zu. Dort angekommen, fragte er den verschlafen dreinblickenden Bahnbeamten hinterm Schalter: „Wann fährt der nächste Zug in die Stadt?"

„Was willst du kleiner Knirps schon so früh dort?" fragte der Beamte zurück. Sebastian, nie um eine Antwort verlegen, erwiderte: „Ich will meinen Opa besuchen, der wartet schon auf mich."

Endlich war es geschafft, die Allee lag vor ihm, und das letzte Stück Weg legte Sebastian laufend zurück. Zögernd trat er durch das Holztor und ging über den Kiesweg ums Haus, direkt in den Garten, wo er Herrn Wiegand bei der Gartenarbeit antraf. Da stand er nun, in der rechten Hand hielt er seinen Spazierstock fest umklammert, seinen Rucksack ließ er ins Gras fallen. Schweißperlen kullerten ihm über das Gesicht und überhaupt machte Sebastian einen ziemlich erschöpften Eindruck.

„Na, mein kleiner Freund, du bist wohl von Zuhause ausgebüxt." Mit ein paar Schritten war der alte Wiegand bei ihm, fasste seine kleine Hand und so gingen sie über die Terrasse ins Haus. Oskar, der dösend im Gras lag, war nun auch aufgewacht und schlich den beiden nach. Als sich der kleine Ausreißer erfrischt hatte, sprudelten die Worte nur so aus ihm heraus. Geduldig hörte ihm der alte Mann zu und wenige Minuten später wurde Sebastians Vater, der ganz in der Nähe eine eigene Tischlerei hatte, telefonisch informiert. Er wurde bereits in der Haustür vom alten Wiegand erwartet.

Die Männer durchquerten die Diele und kamen in das geräumige Wohnzimmer, was einer Bibliothek glich. Die alte Standuhr schlug, als Sebastians Vater seinen Blick durch den Raum schweifen ließ. Seine Aufmerksamkeit galt dem mit Natursteinen gemauerten Kamin. Plötzlich hielt er inne und starrte auf das vergilbte Foto im Silberrahmen auf dem Kaminsims. Eine junge Frau mit einem Baby war zu erkennen. Mit erregter Stimme rief er: „Wie kommen Sie an das Foto meiner Mutter?"

Verwundert sah ihn der alte Mann an, dann erzählte er von Agnes Sommer, die er als junger Soldat in den Kriegswirren kennen gelernt hatte. Man wollte so schnell wie möglich heiraten, da

Agnes ein Kind erwartete. Leider kam alles ganz anders. Er geriet in russische Gefangenschaft und als er zurückkam, habe er über Jahre versucht, seine Agnes und seinen Sohn Joachim ausfindig zu machen. Es war alles vergebens.

Stille trat ein, nur das Ticken der Standuhr war zu hören, die beiden Männer standen sich gegenüber, ihre Blicke trafen sich und Vater und Sohn fielen sich in die Arme und waren überwältigt vor Rührung.

Mit großer Spannung hatte sich Sebastian alles mit angehört und dachte: „Dann habe ich dem Bahnbeamten doch die Wahrheit gesagt."

Frühstück am Sonntag

Nach einer anstrengenden, arbeitsreichen Woche freute sich Susanne auf das gemeinsame Wochenende mit Thomas. Es war gegen 11 Uhr an einem sonnigen, warmen Sonntagmorgen im Mai. Gemütlich saßen sie beim Frühstück auf der Terrasse und diskutierten über die nächsten Arbeiten, die gemacht werden mussten, um das Haus – sie hatten es erst kürzlich günstig erworben – in den nächsten Monaten instand zu setzen, als das Telefon läutete. Thomas sprang auf und ging ins Wohnzimmer. Susanne brauchte nicht lange zu überlegen, wer der Anrufer war und sie merkte, wie ihre gute Stimmung dahinfloss. Seit einer halben Stunde telefonierte Thomas schon mit seinem besten Freund. Durch die offen stehende Terrassentür bekam sie einige Wortfetzen mit: „Haie gibt es dort ? … Das wusste ich nicht… Nein, dein Brief ist noch nicht angekommen…, Muss wohl an dem Poststreik liegen… Eine neue Freundin?... Kaffeebraun? Oh-la-la!... Blonde Holländerinnen, wie alt?... Toll… Ja, das kann ich mir sehr gut vorstellen… Lust hätte ich schon, aber wie du ja weißt, müssen wir einige Reparaturen am Haus vornehmen. Das kostet! Darum nur 14 Tage Ostsee… Dia-Abend?... Natürlich kommen wir… Tschüss, bis Mittwoch alter Junge!"

Der Kaffee war inzwischen kalt und die Stimmung von Susanne auf dem Nullpunkt. Spitz bemerkte sie: „Na, hat dein lieber Freund und „Weltenbummler" mal wieder was von sich hören lassen?"

„Ja, stell dir vor, Alex war sechs Wochen in Mexiko und hat von kilometerlangen Sandstränden erzählt. Zu viert haben sie sich einen Leihwagen gemietet und sind einige tausend Kilometer durch Land gefahren. Mal abgesehen von dem teilweise verschmutzten Wasser, den hohen Preisen, dem Krach in den Hotels und den dauerhaften Darmgeschichten, war er sehr angetan von den fröhlichen vergnügten Menschen. Und dann das Wetter: nur Sonne und Wärme. Herrlich! Übrigens, eine neue Flamme hat er auch. Carmen, heißt die rassige Schönheit und stammt aus Acapulco."

„Ach ja?" Thomas überhörte die spitze Bemerkung von Susanne und berichtete überschwänglich weiter von den Abenteuern seines Freundes.

„Hat er auch diesmal wieder Schulden gemacht und ist sein Telefonanschluss gesperrt?"

„Woher weißt du das? Er rief tatsächlich vom Handy eines Freundes an und sein Gehalt ist ihm gekürzt worden. Er will sich gleich Montag darüber beschweren."

„Wie naiv bist du eigentlich? Alle Jahre wieder das gleiche Theater! Ich hoffe nur, dass du ihm nicht wieder Geld leihst. Anscheinend findest du sein Leben hoch interessant, denn immer, wenn Alex von seinen Weltreisen berichtet, bist du hellauf begeistert. Langsam habe ich das Gefühlt, dass du lieber heute als morgen mit ihm auf Reisen gehen würdest. Warum gibst du es nicht einfach zu?"

Thomas fühlte sich ertappt und beschwichtigte Susanne, denn aus Erfahrung wusste er, dass sie jetzt nicht mehr zu bremsen war.

„Du hast doch selbst zu mir gesagt, dass man nicht unbedingt ins Ausland fahren muss, um Urlaub zu machen! Wer hat denn laut getönt: „ Ich brauche keine Palmen. Ich finde die alten Eichen- und Kastanienalleen viel reizvoller und nicht zu vergessen, die teilweise noch vom Tourismus verschont gebliebenen kleinen Dörfer mit ihren prachtvollen Herrenhäusern. Du hast mir doch die Ostsee schmackhaft gemacht und Hohwacht vorgeschlagen! Stimmt es oder stimmt es nicht?"

„Ja, ja, ich weiß, aber wenn Alex erzählt, wie romantisch eine Fahrt mit dem Boot im Vollmond auf dem Meer ist, sind das so Momente, wo ich immer so ein Fernweh bekomme. Ist das so schlimm? Träume darf man ja wohl noch haben!"

Jetzt war auch die Stimmung von Thomas dahin und er überlegte krampfhaft, wie er den Sonntag noch retten konnte. Kleinlaut verließ er die Terrasse und ging durch den Garten auf den kleinen Holzschuppen zu und zerrte sein Mountainbike heraus. Es war jetzt besser, das „feindliche Lager" für ein paar Stunden zu räumen, denn erfahrungsgemäß besserte sich dann seine Laune. Er schwang sich aufs Rad, doch bevor er durch das Gartentor auf die Straße einbog, riss Susanne das Küchenfenster auf und rief ihm nach:

„Bilde dir ja nicht ein, dass ich am Mittwoch zu dem Angeber mitkomme und mir stundenlang seine Dias ansehe! Ich fahre zu Gaby!"

„Na, Bravo! Dann sind ja die richtigen Emanzen zusammen!" rief Thomas zurück und radelte mit hohem Tempo davon.

Glück im Unglück

Aus weiter Ferne hörte Andrea eine tiefe Männerstimme: „Können Sie mich sehen? Schauen Sie auf meine Hände! Sehen Sie etwas?"

Langsam wich die Nebelwand und sie nahm die Umrisse eines Gesichtes wahr. Und immer wieder diese Männerstimme: „Sehen Sie mich?"

Die Silhouette wurde immer deutlicher und sie schaute in das Gesicht eines Mannes, das von einer grünen Haube umrandet war. Langsam dämmerte es Andrea, dass irgendetwas passiert sein musste. Mit leiser Stimme antwortete sie: „Ja, ich kann Sie sehen."

„Na, Gott sei Dank!"

Erleichterung klang aus der Stimme.

„Wo bin ich, was ist geschehen?

„Sie hatten einen Autounfall und befinden sich auf der chirurgischen Station"

„Wo ist Michael?"

„Ihrem Freund ist nichts passiert, außer ein paar Prellungen."

Als Andrea am nächsten Morgen aufwachte, musste sie erst überlegen, ob alles nur ein böser Traum gewesen war. Sie hatte starke Schmerzen und ihr Kopf steckte bis auf die Augen, Nase und Mund in einem dicken Verband. Es war kein Traum.

Während der Visite setzte sich der sympathische iranische Stationsarzt, Dr. Gilan-Schar, zu ihr auf die Bettkante und klärte sie sehr behutsam darüber auf, dass ihr Gesicht, bedingt durch die tiefen Schnittverletzungen, nie wieder so sein würde, wie vorher. Stumm sah Andrea den Arzt an und ihre Augen füllten sich mit Tränen. Was wurde aus ihren Träumen und Wünschen? Neben ihrer Schule jobbte sie als Model und ihre Chancen standen gut, eventuell einen Beruf daraus zu machen. Sollte das jetzt alles vorbei sein? Eine ganze Welt brach in ihr zusammen. Tage der Verzweiflung folgten und das war nur der Anfang.

Nachdem der Verband abgenommen und die ersten Fäden gezogen waren, stand Andrea auf und ging mit klopfendem Herzen und zitternden Knien auf den gelben Vorhang zu, hinter dem der Spiegel über dem Waschbecken hing. Mutig schaute sie hinein. Blankes Entsetzen packte sie. Das sollte ihr Gesicht sein? Nein! Niemals! Tränen rannen ihr übers Gesicht und sie hatte das Gefühl, ihre Jugend für immer verloren zu haben.

Das Eintreten des jungen Mannes hatte Andrea nicht bemerkt. Erst, als er sich räusperte, zuckte sie zusammen.

„Entschuldigen Sie, ich wollte mich nur nach Ihrem Befinden erkundigen."

„Das sehen Sie doch!" antwortete sie in schroffen Ton. Dann fragte sie: „Wer sind Sie?"

„Markus Dorenkamp, erkennen Sie mich nicht?"

Natürlich, jetzt erinnerte sie sich. Es war der diensthabende Arzt, der sie in der Unfallnacht für die Operation vorbereitet hatte. Er trug keinen weißen Kittel, sondern Jeans und Pullover und war eine große kräftige Erscheinung, so um die dreißig.

Seine blaugrauen Augen ruhten auf ihr, als er mit fester Stimme sagte: „Andrea, Sie hatten großes

Glück und es ist ein Wunder, dass Sie den Unfall überlebt haben. Nur einen Zentimeter weiter und Ihre Halsschlagader wäre durchtrennt worden. Und was Ihre Augen betrifft, seien Sie dankbar, dass die Schnittwunden über ihrem Lid nicht ihre Sehkraft verletzt haben. Sie hätten blind sein können."

„Ja, ja, ich weiß, aber warum musste mir das passieren?"

Er wollte ihr helfen, merkte aber, dass sie vielleicht mit ihren achtzehn Jahren noch zu jung war, um zu begreifen.

„Ich weiß, es klingt hart, was ich ihnen sage. Verfallen Sie jetzt nicht in Selbstmitleid, das hat noch keinem geholfen. In der nächsten Zeit gebrauchen Sie viel Kraft. Außerdem gibt es die Möglichkeit einer Schönheitsoperation. Sie werden das schaffen und glauben Sie mir, alles Negative hat auch positive Seiten."

Noch lange dachte Andrea über seine Worte nach. Sie schloss ihre Augen und ihre Gedanken gingen zurück in die Oktobernacht ihres Unfalles.

Der Herbst zeigte sich von seiner schönsten Seite. Die hohe Hainbuchenhecke, die Andreas Elternhaus umgab, bekam eine leicht rotgelbe Färbung und die Toreinfahrt war durch einen kleinen schmalen Holzsteg mit der Straße verbunden. Seit Monaten liefen Kanalisierungsarbeiten und der alte, tiefe Graben wurde zugeschüttet, um einem Bürgersteig Platz zu machen. Andreas Freund Michael kam mit seinem neu erstandenen Golf vorgefahren und lud sie zu einer Spritztour ein. Lachend kam sie ihm über den Steg entgegen und er musste sie festhalten, damit sie mit ihren hohen Pumps nicht ihr Gleichgewicht verlor.

Nach der kleinen Rundfahrt besuchten sie noch ein Tanzlokal, in dem jeden Samstagabend Live-Bands spielten. Der Abend verlief lustig und unbeschwert. Gegen Mitternacht verließen Michael und Andrea das Lokal und sie befuhren die alte Landstraße, als ihnen ein Ford mit hoher Geschwindigkeit entgegenschleuderte…

Ob auf der Straße, im Bus oder beim Einkauf, ständig war Andrea neugierigen Blicken ausgesetzt und manchmal auch taktlosen Fragen ihrer

Mitmenschen. Sogar ihr Freund Michael war da keine Ausnahme. Schon im Krankenhaus fiel ihr auf, dass seine Besuche immer seltener wurden und er um Ausreden nicht verlegen war. Mal war es der anstrengende Beruf, dann das kaputte Auto, ein andermal musste er seinem Vater helfen. Da Andrea von Natur aus ein offener Mensch war und kein Blatt vor den Mund nahm, stellte sie ihn kurzerhand zur Rede. Als sie keine klare Antwort bekam, war der „Fall Michael" für sie erledigt.

Viel Zeit zum Nachdenken blieb Andrea nicht, denn die nächsten Wochen und Monate waren mit Schule, Arzt- und Rechtsanwalt-Terminen ausgefüllt. Ersatzansprüche wurden geltend gemacht und ärztliche Gutachten erstellt, um eine Schönheitsoperation in der Eppendorfer Uni-Klinik in Hamburg bei Prof. Dr. Schumann, eine Koryphäe auf dem Gebiet der Gesichtschirurgie, vorzubereiten.

Inzwischen war wieder Herbst und Andrea war in dem zurückliegenden Jahr erwachsen geworden. Obwohl das Recht auf ihrer Seite war, musste noch manche Hürde genommen werden, um auch Recht zu bekommen. So leicht konnte ihr keiner mehr etwas vormachen, weder die „Herrgötter in Weiß", die Rechtsanwälte und die Versicherung der gegnerischen Seite, mit denen sie es ja noch lange zu tun hatte.

Zielstrebig ging sie ihren Weg, der allerdings eine andere Richtung nahm, als sie ursprünglich eingeschlagen hatte. Der Traum von einem Model war ausgeträumt, und nach dem Abitur begann sie eine kaufmännische Ausbildung..

Es war Mitte Juli. Andreas Kollegin Claudia feierte ihre Hochzeit auf dem elterlichen Bauernhof. Über hundert Gäste aus nah und fern, nahmen an dem rauschenden Fest teil. Im Hof, in der Scheune, auf der alten Deele waren lange Holztische mit weißen Damast Decken eingedeckt. Mittendrin saß Andrea und genoss das Fest in vollen Zügen. In ihrem langen, roten Seidenkleid sah sie ganz bezaubernd aus, was der Männerwelt nicht verborgen blieb. Sie war froh, als Damenwahl angesagt wurde, so konnte sie ein wenig verschnaufen. Die Band spielte gerade „Midnight Lady", als plötzlich Markus Dorenkamp vor ihr stand und strahlend um den Tanz bat.

„Wo kommen Sie denn her?"

Amüsiert sah er sie an. „Nun, ich bin ein geladener Gast und ich bin mit dem Bräutigam verwandt."

Während sie tanzten wechselten sie nur wenige Worte. Auf einmal war alles so anders. Es war der Anfang einer großen Liebe.

Ein sonniger, warmer Tag neigte sich dem Ende zu, als Andrea vor ihrem dreiteiligen Spiegel im Badezimmer stand, um sich für den Abend hübsch zu machen. Es war ihr 45. Geburtstag und alle Vorbereitungen waren getroffen, um den Abend mit Verwandten und Freunden zu einem fröhlichen Fest werden zu lassen. Durch das, auf Kippe stehende Fenster hörte sie aus dem Garten die vertrauten Stimmen ihres Mannes und ihrer erwachsenen Söhnen. Eifrig überprüften sie die bunten Lampions, die in den alten Bäumen und der mit Clematis berankten Pergola aufgehängt waren. Karsten, ihr jüngster Sohn, testete noch kurz die Stereoanlage, und die ersten Klänge waren zu hören. Als „Midnight Lady" erklang, musste Andrea schmunzeln. Zu der Melodie hatte sie zum ersten Mal mit ihrem Mann getanzt.

„Liebling, bist du fertig? Wir warten schon auf dich."

Andrea schloss die Badezimmertür auf und Markus stand vor ihr. Er wirkte, obwohl er dreizehn Jahre älter war, als sie, so jugendlich. Sein gut geschnittenes Gesicht mit den ruhigen graublauen Augen zeigten kaum Falten. Nur sein braunes Haar war mit grauen Strähnen durchzogen. Sie spürte immer noch diese tiefe Zuneigung, die sie verband.

Der Mountain-Biker

Lena saß in ihrem Lehnstuhl, hatte ihre Beine hochgezogen und trank ihren Tee. Katrin saß ihr gegenüber und beobachtete ihre Freundin, die sich nach dem plötzlichen Tod ihres Mannes sehr verändert hatte. Achtzehn Monate waren seitdem vergangen und Lena war 35 Jahre mit Bernd verheiratet gewesen. Sie hatten zusammen einen Sohn und eine Tochter. Bernd hatte nie eine andere Frau im Sinn gehabt. Bis kurz vor seinen Tod hatte er Lena noch immer Komplimente gemacht, was nach 35 Ehejahren ja nicht so selbstverständlich ist. Katrin konnte ein Lied davon singen, denn Ihr Jochen, mit dem sie 32 Jahre verheiratet war, galt als Schürzenjäger ersten Ranges. Sie kannte es nicht anders und irgendwie hatte man sich stillschweigend arrangiert. Jeder ging seinen eigenen Weg. Oft hatte sie Lena beneidet.

„Katrin, was soll ich denn übermorgen zur Opern-Premiere anziehen? Du weißt doch, dass meine Renovierung so viel gekostet hat und ich knapp bei Kasse bin.

„Ja, ich weiß Lena, aber denk doch mal nach, du hast doch vor einigen Jahren deine Abendkleider selber genäht. Ich kann mich noch sehr genau an ein schwarzes, tailliertes Kleid erinnern, mit einem breiten roten Gürtel und einem roten Jäckchen. Du sahst umwerfend darin aus. Mein Jochen ließ dich den ganzen Abend nicht mehr aus den Augen. Ich war damals richtig neidisch auf dich. Figurbetont ist doch wieder ganz aktuell."

„Meinst du wirklich? Ja, irgendwo oben in meinen Schränken habe ich die guten Kleider aufbewahrt. Du, ich gehe mal eben nach oben und hole es."

Lena brachte einen Karton mit Kleidern herein und die Freundinnen zogen ein Kleidungsstück nach dem anderen heraus. Katrin fragte: „Was ist das denn für ein Fummel, an das Kleid kann ich mich nicht mehr erinnern. Wann hast du das denn getragen? Vor oder nach dem Krieg? Haha!"

„Mensch Katrin, lach doch nicht so! Du siehst, ich muss mir doch noch ein Kleid kaufen."

„Moment mal... da ist ja das kleine Schwarze mit der roten Jacke. Los, zieh es an!"

Lena streifte sich das Kleid über und legte den roten, breiten Gürtel um ihre schlanke Taille und zog die kurze rote Jacke über. Sie sah an sich herunter und war ganz erstaunt, dass ihr die Sachen noch perfekt passten.

„Wow! Du siehst hinreisend aus, nur die Turnschuhe solltest du nicht dazu tragen. Hihi."

„Das weiß ich auch. Ich hol mal eben meine Pumps." Nachdem sie ihre Pumps angezogen hatte, fühlte sie sich gleich viel wohler in ihrem Outfit.

„Sag mal Lena, hast du eigentlich mal wieder etwas von deinem Muschelmann gehört?"

„Ja, ab und an lässt er von sich hören, aber seltsamerweise immer dann, wenn es ihm nicht gut geht. Ich glaube er hat Probleme mit seiner neuen Flamme. Er ist immer nur am Jammern. Mein Urteilsvermögen hat mich total im Stich gelassen.

„Ich kenne ihn zwar nicht persönlich, aber nach allem was du mir von ihm erzählt hast, würdet ihr doch prima zusammen passen, zumal er auch Witwer ist. Er hat doch mehr Verständnis für dich.

Außerdem ist nicht zu verachten, dass er vermögend ist."

„Jetzt fang du auch noch damit an! Alle reden mir ein, dass er eine gute Partie sei. Aber weißt du, in meinen Augen ist er ein Weichei. Einer, der mit sich selbst nichts anzufangen weiß. Ich gebe ja zu, dass er mir gefällt, aber ein Mann der gleich nach dem Tod seiner Frau ein Verhältnis sucht, den kann ich nicht für voll nehmen."

„Ja, da ist was dran. Nur, in unserem Alter ist es bestimmt nicht leicht, jemanden kennen zu lernen. Ich habe gelesen, dass auf einen Mann drei Frauen kommen. Laut Statistik sucht der Mann, in unserem Alter, sich eine wesentlich jüngere Frau. Leider ist das so. Die meisten suchen sich etwas fürs Bett und natürlich eine für den Haushalt und nicht zu vergessen, zur Pflege. Guck dir doch einmal Wolfgang an. Ein Bild von einem Mann, intelligent, sehr belesen, kulturell interessiert. Den würde keine Frau von der Bettkante stoßen. Man kann sich hervorragend mit ihm über alles unterhalten, und was macht er nach Claudias Tod? Er heiratet ein Puttchen aus Prerow. Ich fasse es nicht! Sag mal Lena, ist dir das schon mal aufgefallen, dass gut aussehende Männer meistens so graue Mäuse an ihrer Seite haben?"

„In gewisser Hinsicht hast du Recht, aber es gibt auch andere Männer. Übrigens: ich habe Wolfgang einmal darauf angesprochen. Er gab zu, dass Männer ein wenig Angst vor selbstbewussten Frauen haben." Katrin stand auf und sah aus dem Fenster. „Lena, ich sage dir, in unserem Alter kann man keine großen Ansprüche mehr stellen. Oder glaubst du wirklich, dass man mit 58 Jahren der großen Liebe begegnet? Auf was für einem Stern lebst du eigentlich?"

„Jetzt hör aber auf Katrin! Ich bin nicht auf der Suche nach einem Mann. Wann begreifst du das endlich?"

„Ach Lena, du bist doch noch zu jung um allein durchs Leben zu gehen. Willst du wirklich die nächsten zwanzig Jahre allein bleiben? Ja, ja, ich weiß… du hast viele Hobbys, aber so ganz ohne Mann? Ich weiß nicht…"

„Können wir auch mal von etwas anderem reden, Katrin?"

„Ich höre ja schon auf. Aber ich mach mir nun einmal Sorgen um dich. Ich möchte doch, dass es dir wieder gut geht."

Lena zog ihr kleines Schwarze aus und schlüpfte in ihre Jeans und T-Shirt. Die Freundinnen verabschiedeten sich voneinander

Es war kurz vor 9.00 Uhr, als Lena am Freitag aufwachte. Sie drehte sich noch einmal im Bett auf die Seite und döste vor sich hin. Der Gedanke an die Oper ließ sie aus dem Bett schnellen. Eigentlich hatte sie keine Lust auf den Abend. Viel lieber wäre sie in ein Musical gegangen, aber Katrin zuliebe wollte sie mitgehen. Unentschlossen stand sie im Bad und überlegte, ob sie jetzt oder erst am Nachmittag Badewasser einlassen sollte. Sie entschied sich für den Nachmittag. Nachdem sie den Kaffee aufgegossen und ihr Müsli zubereitet hatte, setzte sie sich gemütlich in den Korbsessel und las die Zeitung. Früher hatte Bernd den Frühstückstisch gedeckt und eine Kerze angesteckt. Wie oft hatten sie hier zusammen an dem Tisch gesessen. Jetzt war alles nur noch

Erinnerung. Sie zog sich schnell an und machte sich an die Hausarbeit. Beschäftigung war die beste Therapie. Um kurz nach 17.00 Uhr ließ sie das Badewasser ein. Eine halbe Stunde hing sie ihren Gedanken nach. Eine Stunde war sie damit beschäftigt ihr Äußeres zu verschönern. Als sie endlich in ihrem schwarzen Kleid und dem roten Jäckchen vor dem großen Spiegel im Schlafzimmer stand, musste sie sich eingestehen, dass sie trotz ihrer 58 Jahre immer noch jugendlich aussah. Sie zog ihre roten Pumps an, ging noch einmal ins Bad und sprühte ihr Lieblingsparfüm übers Haar, als es an der Haustür klingelte. Sie ging durch den großen Flur und öffnete die Tür. Vor ihr stand ein Bild von einem Mann. Er trug einen rotschwarzen Fahrraddress mit kurzer schwarzer Hose. Er war groß und sehnig, braungebrannt und sein graumeliertes Haar hatte er zu einem kleinen Pferdeschwarz zusammengebunden. Seine stahlblauen Augen sahen Lena erstaunt an. Sie standen sich gegenüber und fanden keine Worte. Als er sich gefangen hatte sagte er: „Entschuldigen Sie…, ich habe mich bestimmt in der Tür geirrt, aber trotzdem… ich habe das Gefühl an der richtigen Tür zu stehen. Sie sehen bezaubernd aus und lächelnd fügte er hinzu: „Hätte ich das gewusst, wäre ich im Smoking gekommen. Aber was nicht ist, kann ja noch werden…"

Lena stand wie angewurzelt und konnte ihre Augen nicht von ihm lassen. Ihre Beine zitterten und sie bekam keinen Ton heraus. Mein Gott, was war nur mit ihr los. Sie riss sich zusammen und fragte: „Sie wollen bestimmt zu meinem Sohn, das sehe ich an ihrer Kleidung. Da müssen Sie am hinteren Eingang klingeln."

„Ja, das werde ich wohl tun müssen."

Er nahm sein Mountainbike und drehte sich noch einmal um.

„Ich wusste nicht, dass Thorsten eine so junge Mutter hat. Auf Wiedersehen."

Katrin kam wie immer pünktlich und merkte sofort, dass ihre Freundin nicht bei der Sache war.

„He, Lena, was ist los mit dir? Ist dir der Leibhaftige begegnet? Du bist ja völlig von der Rolle. Erzähl, was ist passiert?"

Lena erzählte Katrin die Begegnung mit dem Mountainbiker.

„Mensch Lena, wie im Roman! Bin gespannt was daraus wird."

„Was soll denn daraus werden? Bestimmt ist so einer verheiratet. Solche Männer laufen nicht allein durch die Gegend. Ist auch egal. Außerdem ist der viel zu jung."

„Lena, warum kann nicht eine ältere Frau einen jüngeren Mann haben? Wir leben doch im 21. Jahrhundert."

Nach dem Opern-Erlebnis gingen die Freundinnen in ihr italienisches Stammlokal. Dort wurden sie wie immer freundlich begrüßt. Lena bestellte sich einen Valpolicella und Katrin ein kleines Bier, da sie ja noch fahren musste. Lena sah sich im Restaurant um und ihr Blick ging in Richtung Fensternische, an dem sie Robert mit einer Blondine sitzen sah. Er hatte sie sofort erkannt und kam schnurstracks auf ihren Tisch zu.

„Guten Abend Lena, wie geht es dir? Ich bin mit meiner Sekretärin hier, wir feiern den Großauftrag eines Kunden." Er nahm sie in den Arm und sagte ihr leise ins Ohr: „Du siehst ganz entzückend aus."

„Robert, ich möchte dir meine Freundin Katrin vorstellen. Wir kommen gerade aus dem Theater. Heute war die Carmen-Prämiere."

Sie unterhielten sich noch eine Weile miteinander, dann verabschiedete sich Robert von den Freundinnen und ging an seinen Tisch zurück.

Katrin sah ihre Freundin an und sagte: „Das ist also der Muschelmann… alle Achtung! Sympathischer Mann. Hm… der hat was. Ja, du hattest Recht, der strahlt tatsächlich Wärme und Vertrautheit aus. Erzähl doch noch einmal, wie ihr euch näher gekommen seid. Ich meine, als er dir die 4 Muscheln geschenkt hat."

„Ach Katrin, das habe ich dir doch schon erzählt. Und übrigens, wir sind uns nicht näher gekommen. Er hat mir am vorletzten Tag unseres Trauer-Seminars auf der Insel 4 Muscheln, eine große Schwarze, eine kleine Schwarze, eine kleine Weiße und eine große Weiße, in die Hand gelegt. Er hat mir erklärt, dass ich mich jetzt auf der großen schwarzen Muschel befinde. Irgendwann werde ich auf der kleinen schwarzen Muschel ankommen und dann wird es mir etwas besser gehen und dann werde ich auf die kleine weiße Muschel zugehen und die große Trauer liege dann hinter mir. Auf der großen weißen Muschel würde ich wieder glücklich sein. Das wünsche er mir von ganzem Herzen."

„Wie poetisch! Das scheint ja ein sensibler Mann zu sein."

„Ja, ein großes Sensibelchen, das nichts mit sich allein anzufangen weiß!"

„Wenn ich an deiner Stelle wäre, ich wüsste was ich täte. Ich würde Robert anrufen. Aber nein, meine Freundin stellt ja hohe Ansprüche! Ich werde dich nie verstehen."

Ärgerlich antwortete Lena: „Weißt du was, Katrin, das ist mein Leben und da lass ich mir nicht reinreden. Basta!"

„Schon gut, schon gut. Ich werde nichts mehr dazu sagen. Mach doch was du willst!"

Schweigend saß Lena neben ihrer Freundin im Auto. Alle meinten es ja so gut mit ihr, aber keiner konnte nachempfinden was in ihr vorging. Sogar ihre beste Freundin hatte keine Ahnung. Wie sollte sie auch. Wenn Bernd so ein Mann gewesen wäre wie Katrins Jochen, ja, dann sähe die Trauer wahrscheinlich anders aus. Als sie in die Einfahrt zu Lenas Haus einbogen, sahen sie überall Mountainbike-Räder an der Hauswand angelehnt oder auf dem Rasen liegen.

„Was ist denn bei Thorsten los?" fragte Katrin.

„Hm… ich glaube die haben heute ihre Jahreshauptversammlung oder ihren Grillabend. Kommst du noch mit herein?"

„Ja, warum nicht."

Als sie ausstiegen kam ihnen Thorsten entgegen.

„Na ihr Hübschen? Wollt ihr eine Kleinigkeit essen oder trinken? Der Grill liegt voller Köstlichkeiten und ein gezapftes Pils ist doch auch nicht zu verachten. Oder?"

„Los Lena, dann lernst du auch gleich den Unbekannten von vorhin kennen."

„Das habe ich mir gedacht, Katrin, dass du wieder davon anfängst. Vielleicht ist er ja auch nicht anwesend."

Lena bekam schon Beklemmungen, als sie die plaudernden Grüppchen sah. Vorsichtig drehte sie sich um, aber der große Unbekannte war nirgends zu entdecken. Irgendwie war sie enttäuscht und ging zielstrebig dem Bratwurstduft nach, holte sich dann erst einmal ein Bier. Katrin unterhielt sich noch mit Thorsten und seinem Freund Daniel. Es war ein wunderschöner, warmer Sommerabend und Lena kannte die meisten jungen und auch älteren Mitglieder des Mountainbike-Vereins. Es war ein zusammengewürfelter Haufen unterschiedlichster Charaktere. Sie hatte gerade ihr Glas zum Trinken angesetzt, als sie ihren Sohn sagen hörte: „Mensch Matte, wo warst du so lange? Wir haben schon gedacht, dass du nicht mehr kommst."

„Ich habe mein neues Wohnmobil abgeholt und das hat länger gedauert, als ich dachte. Ich habe es gleich mitgebracht, und wenn du nichts dagegen hast, werde ich heute Nacht darin schlafen. Aber jetzt zapf mir ein schönes, großes Pils."

Lena setzte ihr Glas ab und sah in Richtung der Stimme. Ihre Beine wurden wieder weich wie Pudding. Sie setzte sich etwas abseits auf die Bank unter der Felsenbirne. Nun war er doch noch gekommen und stand da wie ein Fels in der Brandung. Allerdings trug er kein Fahrraddress sondern lässig Jeans und ein dunkelblaues Sweatshirt. Er hatte sie noch nicht entdeckt, sondern unterhielt sich angeregt mit Thorsten und Katrin, die grinsend in Richtung Lena sah. Er folgte ihrem Blick und über sein Gesicht ging ein Strahlen. Er kam direkt auf sie zu und nahm neben ihr Platz.

„Nun, wie war die Oper? Hat es Ihnen gefallen? Ach übrigens, ich heiße Matthias und Sie?"

„Lena. Ach wissen Sie, ich bin nicht so ein Opern-Fan. Ich wäre lieber in ein Musical gegangen, aber meine Freundin ließ nicht locker. Ich bin ihr zuliebe mitgegangen."

„Da haben wir ja schon etwas gemeinsam. Ich mag Musicals und habe vor, nächsten Monat nach Hamburg zu fahren. Dort wird das Musical „Ich war noch niemals in New York" von Udo Jürgens aufgeführt. Wollen wir nicht gemeinsam hinfahren? Natürlich mit meinem Wohnmobil."

„Ich soll in Ihrem Wohnmobil mitfahren? Wie stellen Sie sich das denn vor?"

Er nahm ihre Hand und zog sie mit sich. Sie gingen durch den Garten und auf die Einfahrt zu, in dem das Wohnmobil stand.

„Darf ich bitten? Treten Sie ein. Sie sehen es ist genug Platz für mindestens zwei Personen."

Lena war erstaunt über die Größe. Sogar zwei getrennte Schlafbereiche waren vorhanden.

„Wissen Sie Matthias, ich wollte schon immer mal Urlaub in einem Wohnmobil machen. Das ist so ein Traum von mir... irgendwo ans Meer... den Sonnenuntergang erleben..."

„Möchten Sie ein Glas Rotwein mit mir trinken, Lena?"

„Warum nicht."

Sie saßen gemütlich in der Polstergruppe und genossen den Wein. Sie unterhielten sich angeregt und Lena erfuhr, dass Matthias geschiedene Frau in den USA lebte und dort Karriere gemacht hatte. Lena spürte die Wärme, die von ihm ausging. Sie hatten die Zeit total vergessen und wurden erst darauf aufmerksam, als an die Scheibe geklopft wurde. Alle waren gegangen, auch Katrin war nach Hause gefahren. Nur Thorsten und sein Freund Daniel waren noch im Garten und räumten auf.

„Es ist ja schon drei Uhr!" rief Lena und konnte es nicht glauben, dass sie so viele Stunden mit Matthias im Wohnmobil verbracht hatte.

Matthias erhob sich und brachte Lena noch vor die Haustür. Er nahm sie in den Arm und gab ihr einen Kuss auf ihr Haar.

„Danke, für den wunderschönen Abend, Lena."

Rendezvous

„Sag mal, wie siehst du denn aus?" feixte Alexander Behringer, als ihm sein Freund mit verschmierter Blümchenschürze und Topflappen in der Hand, die Haustür öffnete. Bevor Jörg Kampmann etwas erwidern konnte, hastete sein Freund an ihm vorbei, in Richtung Küche.
„Hm... gehe ich recht in der Annahme, dass mein alter Weggefährte Lasagne im Ofen hat? Es riecht so herrlich nach Knoblauch!"
Jörg putzte sich seine beschlagenen Brillengläser und antwortete: „Du kommst gerade richtig, ich habe soeben den Backofen ausgeschaltet. Was wollen wir dazu trinken, alter Junge, einen Weißen oder einen Roten?"
„Ich schlage einen leichten Roten vor, weil ich noch Auto fahren muss", sagte Alexander.
„Geh du den Wein holen, ich schneide derweil die Lasagne an."
Behringer kannte sich in der Kampmannschen Villa bestens aus. Schon seit frühester Kindheit ging er hier ein und aus. Er fand das alte Kellergewölbe mit seinen Weinregalen immer

wieder faszinierend. Er entschied sich für einen trocknen Portugieser.

Im Wohnzimmer flackerte das Feuer im Kamin, und die beiden Männer genossen ihr Essen und den Wein.

„Deine Lasagne schmeckt wie immer vorzüglich. Werden die Patienten bei deinem Knoblauchgeruch morgen nicht aus dem Behandlungsstuhl fallen?" lachte Alexander.

„Was meinst du, warum wir Zahnärzte mit Mundschutz arbeiten?" gab Jörg schlagfertig zurück.

„Es ist so still im Haus, wo sind Dorit und die Kinder?"

„Die Jungs sind auf einer Geburtstagsparty und Dorit ist zu einer Autoren-Lesung in der Stadthalle."

„Das ist ja interessant. Meine Mutter befindet sich auch dort und sie hat mich gebeten, sie anschließend abzuholen. Wer ist denn der Autor?"

„Es ist eine Autorin, und sie heißt Christina Schubert und stammt meines Wissens hier aus der Gegend und lebt seit Jahren im norddeutschen Raum. Heute stellt sie ihren Roman „Rendezvous" vor. Dorit ist ganz begeistert von der Schriftstellerin. Die Handlung des Romans spielt hier in unserer Region."

Bevor Jörg weitersprach, legte er noch einen Scheit Holz in den Kamin. „Hauptsächlich schreibt sie über Familien- und Frauenthemen."

Mit einer abwertenden Handbewegung unterbrach Alexander den Redefluss seines Freundes: „Ist das wieder so eine Emanze, die mit ihrem Buch unter dem Arm von einer Fernseh-Talk-Show in die andere hastet, um die armen Frauen im Lande gegen die, ach so schlechten Männer aufzuhetzen?"

„Nein, nein, mein Lieber, da liegst du ganz falsch. Sie wehrt sich in ihren Büchern dagegen, dass die Emanzen am liebsten den Mann am Wickeltisch sehen. Die Frauen dagegen in das Paradies der Selbstverwirklichung, durch Beruf, Kinder in Ganztagskrippen verteilen wollen. Ihr vorletztes Buch mit dem Titel „Wir haben ein Familienproblem" stand sogar in der Bestsellerliste. Stell dir vor, bei den Emanzen soll sie eine Welle der Entrüstung ausgelöst haben, und die Männerwelt steht voll hinter ihr."

Verschmitzt sah Jörn über seinen Brillenrand hinweg seinen Freund an und fügte hinzu: „Mensch Alex, die Dame vertritt deine These! Heimchen am Herd! Hahaha! Vielleicht sollte ich dir das Buch zu Weihnachten schenken."
„Du hast gut reden. Hast' eine tolle Frau und herrliche Kinder."
„Ja, alter Junge, du könntest doch schon längst wieder verheiratet sein. Seit drei Jahren bist du nun schon mit Angela liiert und täglich hoffen wir auf eine Einladung zur Vermählung. Aber nichts tut sich. Mal ehrlich Alex, was hindert dich daran?"
Behringer stand auf, ging zum Fenster und sagte: „Sieh mal, die ersten Schneeflocken. Ob wir in diesem Jahr eine weiße Weihnacht bekommen werden?"
Er machte eine Pause, nahm einen Schluck Wein und fuhr dann fort: „Ich möchte nicht noch einmal den Fehler begehen und eine Frau heiraten, der die Karriere wichtiger ist, als die Familie."
Wieder machte er eine Pause, bevor er mit Bitterkeit in der Stimme weitersprach: „Was habe ich mich damals gefreut, als Claudia mir mitteilte, dass sie schwanger sei. Und dann die Abtreibung... Ich weiß, ich hatte damals kaum Zeit für meine

Frau. Was sollte ich denn manchen, Jörg? Mein Vater starb plötzlich und ich musste, soeben mit dem Studium fertig, die Firma übernehmen. Ich war total überfordert. Schließlich ging es um 400 Arbeitsplätze."
Behringer stellte sein leeres Glas auf dem Kaminsims ab und sagte: „Leider gehört Angela auch zu den Frauen, die nur ihren Beruf im Kopf haben. Klar, heiraten will sie mich, Kinderkriegen auch…"
Jörg hatte seinem Freund aufmerksam zugehört.
„Warum bist du dann noch mit ihr zusammen? Ist sie nur eine Frau fürs Bett? Das kann es doch wohl nicht sein? Oder?"
„Frag mich was Leichteres, ich weiß es nicht", antwortete Alexander und sah erschrocken auf seine Armbanduhr.
„Ich muss gehen, Jörg, sonst verpasse ich noch meine Mutter. Danke, fürs Zuhören, alter Junge. Mach's gut, bis bald."

Schnell verließ er die Villa und ging eiligen Schrittes in Richtung Innenstadt. Der Schnee hatte die letzten Stunden alles in eine wunderschöne Winterlandschaft verwandelt. Alexander Behringer

genoss die klare Luft und verließ die weihnachtlich geschmückte Fußgängerzone und bog in den Schlossgarten ein, an dessen Ende sich die Stadthalle befand. Da ihm viele Menschen entgegenströmten, musste die Lesung wohl vorbei sein. Hier und da hörte er Wortfetzen über die Autorin. Als er die Flügeltür der Stadthalle öffnete, sah er mehrere kleine Gruppen Männer und Frauen, die lebhaft miteinander diskutierten.
„Guten Abend Alex, hörte er Dorits Stimme hinter sich.
„Ich soll dir von deiner Mutter ausrichten, dass sie mit ihrer Nachbarin nach Hause gefahren ist."
„Dann hätte ich mich gar nicht so beeilen brauchen", erwiderte Behringer. Dorit lachte: „Ich rieche wo du herkommst, habt ihr wenigstens noch was übriggelassen?"
Alexander überhörte den letzten Satz von Dorit, sah an ihr vorbei in ein Gesicht, das ihm einmal sehr vertraut war. Er starrte auf eine hübsche Frau, die sich munter mit zwei Männern unterhielt. Gebannt ging Alexander auf sie zu, ließ Dorit stehen und rief: „Tina! Was machst du hier?" Überrascht sah die junge Frau ihn an, und in Bruchteilen von Sekunden überlegte sie, wer dieser große,

gutaussehende, elegant gekleidete Mann war, der sie bei ihrem Vornamen nannte. Er stand direkt vor ihr und fasste sie sanft an den Schultern: „Du hast dich kaum verändert. Gut siehst du aus. Verdammt gut!"

Als Behringer ihren fragenden Blick vernahm, sagte er: „Habe ich mich so verändert, dass du mich nicht wieder erkennst?"

„Alex?" kam mehr fragend über ihre Lippen. Bist du es wirklich?"

„Ja, Tina, ich bin es leibhaftig, warst du auch in der Lesung?"

„Ja, ich habe mein neues Buch vorgestellt", antwortete sie.

„Du... du bist die Schriftstellerin? Das kann ich nicht glauben!" rief er aus.

„Alex, nimm es mir nicht übel, aber ich habe noch ein Essen mit meinem Verleger und den Mitarbeitern der „Buchhandlung am Markt". Ich habe heute Abend nicht mit so einem Menschenandrang gerechnet, darum bin ich so in Eile. Wenn du Lust hast, können wir uns in den nächsten Tagen einmal zum Essen verabreden. Ich wohne für eine Woche im „Hotel Fürstenhof."

Und ob er Lust hatte. Erwartungsvoll fragte er sie: „Wie wär' s mit morgen Abend Tina?"
Christina Schubert überlegte kurz und nickte. „Ja gern, sagen wir um 20.00 Uhr im Restaurant."
Er sah ihr noch lange nach, bis sie im Auto davonfuhr.

Alexander Behringer beschloss, noch einen Rundgang durch die Stadt zu machen. Während er durch den Schnee stampfte, kreisten seine Gedanken um Tina. Sie war seine erste große Liebe. Kurz nach dem Abitur hatten sie sich kennen gelernt und sich mehrere Jahre geschrieben. Er hatte sie auch häufiger besucht. Von Anfang an hatte sie ihm zu verstehen gegeben, dass es nur bei einer Freundschaft bleiben dürfe, da sie sich für eine feste Bindung noch zu jung fühle. Jetzt war sie hier und er freute sich riesig auf den morgigen Abend.

Endlich war Christina Schubert allein. Total erschöpft ließ sie sich aufs Bett fallen. Sie hatte in den zurückliegenden Monaten zu viel gearbeitet. In der nächsten Zeit wollte sie nur das tun, was ihr Spaß macht. Ihr Herz klopfte, als sie an die

Begegnung mit Alexander dachte. Während des Schreibens an ihrem Buch „Rendezvous" hatte sie sich mehrmals gefragt, was wohl aus ihm geworden sei.

Überpünktlich und froh gelaunt verließ Behringer sein Büro, um auf dem schnellsten Weg zum Hotel zu fahren. Über sein Autotelefon meldete sich Angela aus Berlin. Hol mich doch bitte heute Abend um 23.00 Uhr vom Bahnhof ab. Alexander… bist du noch dran? Warum sagst du nichts?"
„Ich kann dich nicht abholen, weil ich eine wichtige Verabredung habe", sagte er brummig.
„Kannst du die Verabredung nicht absagen? Übrigens, ich habe eine Überraschung für dich. Ich habe für uns zwei, über Weihnachten ein Apartment in St. Moritz gebucht. Ist das nicht toll?"
Jetzt platzte Behringer der Kragen, und mit schroffem Ton antwortete er: „Du kannst nach St. Moritz fahren, aber ohne mich und die heutige Verabredung werde ich nicht absagen. Nimm dir ein Taxi!"

„Aber Liebling, was ist los mit dir? Drei Wochen haben wir uns nicht gesehen, freust du dich denn nicht auf unser Wiedersehen? Sag doch was!"
„Angela, wir sprechen morgen in aller Ruhe darüber. Bis dann."
Seine gute Laune war dahin.

Christina hatte den schönsten Fensterplatz im Restaurant reservieren lassen. Von dort hatte man einen zauberhaften Blick auf die verschneite Fußgängerzone.
Die Gegenwart von Tina ließ Alexander schnell den Disput mit Angela vergessen. Er wollte alles von ihr wissen, doch sehr geschickt verstand es Tina, ihm seine Lebensgeschichte zu entlocken. Frei und unbeschwert erzählte er ihr alles, aber dann sagte er: „Jetzt bist du dran Tina. Bist du verheiratet? Hast du Kinder? Wie bist du zum Schreiben gekommen?"
„Halt, Alex, das sind viele Fragen auf einmal! Alles der Reihe nach."
Sie lehnte sich zurück und fuhr mit dem Finger über den Rand ihres Weinglases, und dann sagte sie: „Da gibt es nicht viel zu erzählen. Ich habe sehr früh, mit einundzwanzig Jahren geheiratet.

Mein Mann war zehn Jahre älter als ich und Architekt. Wir wünschten uns eine große Familie mit mindestens drei Kindern."
Sie stellte ihr Glas ab und mit leiser Stimme fuhr sie fort: „Wir waren erst zwei Jahre verheiratet, da erkrankte mein Mann an Lungenkrebs. Die Ärzte gaben ihm nur noch ein Jahr... es war eine schlimme Zeit... acht lange Monate dauerte sein Sterben. Ach Alex... obwohl alles über fünf Jahre zurückliegt, fällt es mir immer wieder schwer, darüber zu reden." Alexander nahm ihre Hand: „Das tut mir so leid, Tina."
„Das Schreiben hat mir schon immer sehr viel gegeben und nach dem Tod meines Mannes war es so etwas wie eine Therapie für mich. Dass ich einmal so viel Erfolg haben würde, nein, damit habe ich nicht gerechnet und manchmal ist es mir unheimlich."
Plötzlich fragte Alexander: „Warum spielt dein Roman hier in unserer Region?"
Jetzt lachte sie: „Ganz einfach, Alex. Zwei Sätze aus deinem letzten Brief, haben mich dazu inspiriert. Du musst wissen: ich habe alle deine Briefe aufbewahrt."

„Sätze aus meinem Brief?" fragte er verwundert.
Ihre Blicke trafen sich und schmunzelnd erwiderte Christina Schubert: „Jawohl, zwei Sätze, ich zitiere: „Irgendwann in unserem Leben wird es zwischen uns zu einem Rendezvous kommen. Man muss alles auf sich zukommen lassen, erst dann ist es an der Zeit, nachzudenken und zu handeln."

Er nahm einen kräftigen Schluck aus seinem Weinglas und sah sie lange an.
„Du hast unsere Geschichte geschrieben? Sag, Tina, gibt es auch ein Happy End?"
„Nein, Alex, das Ende ist offen."

Schickimicki

Vor zehn Jahren, ich war gerade fünfzehn geworden, starb meine Mutter. Ich habe noch drei ältere Brüder. Max stand mitten im Abitur, Gregor befand sich im dritten Lehrjahr als Schreiner, und Toni arbeitete in unserer Auto-Reparaturwerkstatt. Vater, der lange Zeit nicht über den zu frühen Tod seiner Frau hinwegkam, stürzte sich noch mehr in die Arbeit und baute die Werkstatt zu einer der größten in München aus. Mein Vater verwöhnte mich mit teuren Geschenken und schönen Kleidern. Ja, er nannte mich „kleine Prinzessin". Nur Zeit, die hatte er nicht für mich. Kam ich mit einem Problem oder einer Frage zu ihm, lautete die Antwort: „Später, Prinzessin, später." Dabei blieb es dann auch. Mit Ach und Krach schaffte ich das Abitur. Danach verließ ich mein Elternhaus und ging nach Berlin, um dort eine Model-Ausbildung zu machen. Ich lernte viele Menschen kennen, unter anderem auch Peter, einen jungen Schauspieler, der mich mit dem Theater vertraut machte. Nach meiner Ausbildung wurde ich mit Angeboten überhäuft. Natürlich passte mein bürgerlicher Name „Regine Schwemmberger" nicht mehr zu meinem Image. Meine Agentur verpasste mir den wohlklingenden Namen „Verena Berger". Früher hat man mich oft gehänselt wegen meiner tizianroten Haare und meiner Größe. „Rote Bohnenstange" waren noch die harmlosesten Bemerkungen. Heute lacht keiner mehr über mich. Aber ich wollte mehr. Schauspielerin wollte ich werden und sehr berühmt. Es wurde mir eine kleine Nebenrolle in einem Film angeboten. Zu mehr reichte mein Talent wohl nicht. Also ging ich zurück auf den Laufsteg.

Nach Hause fuhr ich nur noch selten, was sollte ich da auch? Meine Welt war die Schickimicki-Gesellschaft. Durch meinen Beruf lernte ich interessante Leute, wie Schauspieler, Maler, Lebenskünstler und Christian Freese, einen bekannten Filmstar kennen. Hals über Kopf verliebte ich mich in ihn. Wie heirateten, und ich zog in die Villa meines Mannes, die außerhalb von Berlin in einem Nobelviertel lag. Die große Liebe entpuppte sich schon nach kurzer Zeit als große Enttäuschung. Christian benutzte mich nur als schönes Aushängeschild. Er sah nicht den Menschen in mir, sondern nur die attraktive Frau.

Da er von Treue auch nicht viel hielt, zog ich nach vier Monaten aus. Unsere Ehe wurde nach einem Jahr geschieden. In der Zeit wurde mir zum ersten Mal klar, in was für einer Scheinwelt, die nur aus Oberflächlichkeiten bestand, ich lebte.

An einem Wochenende fuhr ich nach langer Zeit mal wieder nach Hause und freute mich sogar darauf. Dort sah ich Stefan Huber wieder, einen jungen Mechanikermeister, aus dem väterlichen Betrieb. Meine Besuche im Elternhaus wurden immer häufiger. Stefan war so ganz anders als die Männer, die ich bisher kannte. Er war so direkt, anfangs nicht gerade schmeichelhaft für mich, denn er holte mich langsam von meinem hohen Ross herunter. Vor einem Jahr haben wir geheiratet und sind seit einem Monat zu dritt.

Mein Leben hat nach einer langen Irrfahrt endlich einen Sinn bekommen.

Nichts ist mehr, wie es war

Es war ein langer Tag gewesen, und Sonja Depping fühlte sich müde und kraftlos. Das Buch – ein Bildband der berühmtesten Gemälde der Welt – wurde schwer in ihren Händen. Sie legte es neben sich auf das leere Bett ihres Ehemannes Günther, der für vier Monaten als Polizeiausbilder nach Sachsen abberufen worden war. Sonja knipste die Nachttischlampe aus, aber sie wusste, dass sie mal wieder nicht einschlafen konnte. Unruhig wälzte sie sich von einer Seite auf die andere und ihre Gedanken drehten sich im Kreis. Wieder und immer wieder grübelte sie darüber nach, wie es weitergehen sollte. Mitten in der Nacht fasste sie den Entschluss, die Abwesenheit ihres Mannes zu nutzen, um in ihr gemeinsames Ferienhaus an der Nordsee zu fahren. Im Handumdrehen hatte sie ihr kleines Auto mit Koffer und Reisetasche vollgepackt und auf dem Beifahrersitz lag ihre Staffelei und eine Kiste mit Malutensilien. Leichter Nieselregen hatte eingesetzt, als Sonja die Haustür leise hinter sich zuzog. Plötzlich hörte sie die herrische Stimme ihrer Mutter, die wie ein Geist

am offenen Fenster stand und rief: „Wo willst du denn mitten in der Nacht hin?"
Erschrocken sah Sonja hoch und mit gereizter Stimme antwortete sie: „Ich fahre für ein paar Wochen ins Ferienhaus und werde dich von da aus anrufen."
„Soll ich alte Frau etwa die ganze Zeit allein in diesem großen Haus bleiben? Wer soll denn für mich einkaufen und die Wäsche machen?"
„Mutter!" rief Sonja, „du bist fit genug, um allein fertig zu werden!"
Hastig stieg sie in ihr Auto und fuhr davon.
Der Regen war stärker geworden, und Sonja verlangsamte ihr Tempo. Bis zur Autobahnraststätte Dammer Berge wollte sie durchfahren und eine Kaffeepause einlegen. Früher, als die Kinder noch klein waren, hatten sie immer eine längere Pause dort eingelegt. Sie erinnerte sich noch genau an den Tag, als Günther einen Brief vom Nachlassgericht erhielt.
„Sonja, stell dir vor, ich bin am Freitag in die Anwaltskanzlei Dr. Bergmann bestellt. Tante Luischen hat ein Testament hinterlassen!" rief er freudestrahlend.

„Tante Luischen? Vererbt sie dir ihre Einmachgläser?" lachte Sonja.
Die Tante hinterließ ihrem Neffen 100.000 Mark, und die Freude über so viel Geld war groß. Bei einem gemütlichen Abendessen begann Günther: „Ich habe lange überlegt, wir sollten unseren Traum vom eigenen Ferienhaus erfüllen und uns ein Nurdachhaus im Ferienpark Neudeich kaufen. Was hältst du davon, Sonja?"
Sie zuckte mit den Schultern: „Ich weiß nicht… warum stecken wir das Geld nicht hier in unser Haus und bauen abgeschlossene Wohnungen, dann wäre endlich ein Riegel davor geschoben, dass meine Eltern ständig unaufgefordert im Raum stehen. Du glaubst ja nicht, wie leid ich das alles bin."
„Können wir nicht mal über etwas anderes reden als über deine Eltern? Wenn ich da bin, lässt sich keiner von den beiden hier blicken. Nein, Sonja, das kannst du dir aus dem Kopf schlagen. Hier stecken wir das Geld nicht hinein. Ein Ferienhaus ist doch was Feines. Wir können dann sooft hochfahren und wenn es nur an den Wochenenden ist. Dann kommst du hier auch raus."

Wieder einmal war Sonjas Versuch, die Situation im elterlichen Haus zu entschärfen, fehlgeschlagen.

Einmal hörte Sonja, wie ihre Mutter im gehässigen Ton zum Vater sagte: „Siehst du, Walter, jetzt fahren sie schon dreimal im Jahr in Urlaub und wir sitzen immer zu Hause herum. Als die beiden heiraten mussten, waren wir gut genug, sie in unserem Haus aufzunehmen. Jetzt sind wir abgeschrieben. Undank ist der Welt Lohn."
Spontan rannte Sonja die Treppe hinauf und stellte ihre Mutter zur Rede, aber wie sooft stritt sie alles mit den Worten ab: „Da musst du dich verhört haben, Sonja, ich würde doch nie so über euch reden. Stimmt doch, Walter?"
Der Vater, die Güte in Person, sagte wie immer nichts dazu. Er war in Sonjas Augen ein Schwächling, ohne Durchsetzungsvermögen. Dabei hatten sie überhaupt nicht vorgehabt, ins elterliche Haus zu ziehen. Die Wohnung war ihnen direkt aufgezwungen worden. Sie hörte noch heute die Worte ihrer Mutter in den Ohren: „Das könnt ihr Papa doch nicht antun, dass seine einzige

Tochter woanders zur Miete wohnen soll. Wir wollen euch doch nur helfen."
Weinend setzte sich Sonja in ihre Küche, als es an der Haustür klingelte. Sie wischte sich die Tränen aus dem Gesicht und ging durch den großen Flur, um die Tür zu öffnen. Es war ihre Freundin Susanne. Die beiden Frauen waren seit der Schulzeit befreundet. Susanne sah sofort, dass Sonja geweint hatte und ließ sich den Vorfall bei einer Tasse Tee erzählen.
„Sonja, sei froh, dass du nur Knatsch mit deinen Eltern hast, viel schlimmer wäre es doch, wenn es zwischen dir und Günther nicht mehr stimmen würde."
Erst jetzt bemerkte Sonja, dass ihre Freundin so anders war als sonst. Sie wirkte nervös und rauchte wieder. Susanne war schon wieder dicker geworden und bei der Figur trug sie Leggins und einen viel zu engen Pullover. Wenn sie sich vorstellte, dass Klaus, der immer wie aus dem Ei gepellt aussah, mit so einer unförmigen Frau zu Geschäftsessen ginge? Bevor Sonja ihren Gedanken weiterspinnen konnte, platzte Susanne damit heraus, dass Klaus seit über einem Jahr ein Verhältnis mit einer Kollegin hat.

„Erinnerst du dich noch an meinen Geburtstag, letztes Jahr?"

„Ja, ich erinnere mich", sagte Sonja, „da war Klaus mit seinem Kegelclub auf Mallorca, stimmt's?"

Susanne zog heftig an ihrer Zigarette: „Von wegen Kegelclub! Mit seiner Geliebten war er dort!"

„Hast du ihn rausgeschmissen?" wollte Sonja wissen, die für derartige Eskapaden kein Verständnis hatte.

„Nein, natürlich nicht, schließlich haben wir Kinder und was sollen unsere Freunde und Bekannten denken?"

Noch lange diskutierten die Frauen über das Thema.

Erst gegen Mittag wachte Sonja auf. Der Regen hatte nachgelassen und die Sonne verdrängte die dichte Wolkendecke. Noch etwas benommen von der nächtlichen Autofahrt brühte sie sich einen starken Kaffee auf. Sie öffnete die Terrassentür und genoss die frische Seeluft.

„Moin, moin, Frau Depping, wie geht es Ihnen?" hörte Sonja die angenehme Stimme ihres langjährigen Nachbarn Dr. Larsson, der mit dem Streichen des Zaunes beschäftigt war. Mit der heißen Tasse Kaffee in der Hand ging sie über den Rasen und blieb am Zaun stehen. Larsson erhob sich und mit einem Blick sah er, dass Sonja sehr schmal und blass war. Auch das Strahlen ihrer bernsteinfarbenen Augen war erloschen. Sie kannten sich eine Ewigkeit und immer, wenn sie zusammentrafen, folgte eine amüsante Unterhaltung, nur heute blieb seine Nachbarin wortkarg. Martin Larsson, ein Hüne von Mann, groß, mit kräftiger Figur, hatte sich trotz seiner zweiundfünfzig Jahre, seine Jugendlichkeit bewahrt. Dass er Kunsthistoriker und Restaurator war, vermutete keiner. Sein immer braungebranntes Gesicht verlieh ihm eher den Touch eines Abenteurers. Für den Abend lud er Sonja zum Essen ins Strandhotel ein und mit seiner unkomplizierten Art verstand es Larsson, sie aus der Reserve zu locken und zum Lachen zu bringen. Erst gegen Mitternacht verließen sie das Restaurant und machten sich über den Deich auf den Heimweg.

Die Wochen vergingen wie im Fluge und Sonja saß stundenlang an ihrer Staffelei und wenn es das Wetter zuließ, nahm sie Malblock und Stifte und machte Skizzen im Freien. Besonders anziehend war der Kutterhafen, wenn die Fischer mit ihren Booten vom Fang heimkehrten und die Krabben verladen wurden. Fast täglich traf sie sich mit Martin Larsson und gemeinsam unternahmen sie ausgedehnte Deich- und Wattwanderungen. Ihm erzählte Sonja von ihrem Kummer, der sie hergeführt hatte. Von ihrem Ehemann Günther hörte sie nicht viel. Am Telefon sprach er nur von seiner Arbeit, die es ihm nicht ermöglichte, sie zu besuchen. Sonja erschrak über ihre Gefühle, denn sie vermisste ihn überhaupt nicht, sie war sogar froh darüber, endlich frei von seiner Besserwisserei und Pedanterie zu sein. Endlich frei von ihrer egoistischen, intriganten und neidischen Mutter. Nur ihre Kinder fehlten ihr manchmal, aber die waren erwachsen. Markus, der besonders an Sonja hing, schrieb Briefe aus Dortmund, wo er BWL studiert, und Claudia, die seit einem halben Jahr verheiratet war, telefonierte öfter mit ihr. Ihre beste Freundin Susanne, die noch immer mit ihrem untreuen Klaus zusammenlebte, hatte sich in den Herbstferien für eine Woche bei Sonja angemeldet.

Es war an einem Freitag im September, als Sonja früh morgens vor ihrem Kleiderschrank stand und überlegte, was sie anziehen sollte. Martin Larsson hatte sie zu einer Vernissage nach Worpswede eingeladen. Sein Freund, der bekannte Maler Jens Ohlsen, stellte seine Werke in der Galerie Fuchs aus. Da sie in den zurückliegenden Wochen nur mit Jeans, Pullover und Anorak bekleidet war, wollte sie sich mal so richtig schick machen. Sie entschied sich für ihr elegantes, rotes Kostüm. Bei dem engen, kurzen Rock kamen ihre langen, schlanken Beine richtig zur Geltung. Dazu trug sie hochhackige Pumps und ein Seidenschal umspielte ihren Hals. Kritisch betrachtete Sonja ihr Spiegelbild und musste sich eingestehen, dass ihr schmales Gesicht mit dem dezenten Make-up und ihrer frechen, blondgesträhnten Kurzhaarfrisur sie um Jahre jünger aussehen ließ. Larsson verschlug es die Sprache, als sie auf seinen Wagen zukam. Aber auch er hatte sich in einen Anzug mit Hemd und Krawatte begeben. Alles was Rang und Namen hatte, war zur Ausstellungseröffnung erschienen, auch das Fernsehen war anwesend. Spät nachmittags verließen Martin und Sonja die Vernissage und suchten die Worpsweder

Kunsthalle auf, die eine repräsentative, umfangreiche Sammlung von Modersohn, Macke, Vogler und von zeitgenössischen Künstlern beherbergte. Sonja war tief beeindruckt.

„Und nun Sonja, möchte ich Ihnen das Landhaus meines besten Freundes zeigen, der sich zur Zeit im Ausland aufhält", sagte Larsson. Sie durchfuhren einen mit Moorbirken und Hainbuchen dicht gesäumten, gepflasterten Weg, der auf ein altes Anwesen führte. Staunend blickte sich Sonja um, als sie durch die Toreinfahrt fuhren. Ein Bauerngarten umrahmte ein restauriertes Backsteinhaus. Martin schloss die schwere Eichentür auf und sie durchquerten eine große mit Balken durchzogene Diele und kamen in einen Wohnraum der mit antiken und modernen Mobiliar ausgestattet war.

„Trinken Sie ein Glas Rotwein mit mir?"

„Ja, gern", antwortete Sonja, die ihren Blick durch den Raum streifen ließ.

„Nun, wie gefällt es Ihnen, Sonja?" fragte Martin Larsson und öffnete die Flasche Wein.

„Wunderschön!" rief sie begeistert aus.

„Martin, Ihren Freund muss ich unbedingt kennenlernen", scherzte sie. „Ist er verheiratet? Was ist das für ein Mann?"
„Das sind viele Fragen auf einmal. Nun, mein Freund lebt sehr zurückgezogen und liebt das einfache Leben. Verheiratet war er auch… es war eine glückliche Ehe… bis zu dem Tag." Martin ging zum Fenster und machte eine Pause, bevor er weitersprach: „Er war mit seiner Frau und seinem kleinen Sohn von Hamburg nach Bremen unterwegs, mit dem Auto, als ihnen von der Gegenfahrbahn ein Geländewagen entgegenschleuderte, seine Frau und sein Sohn waren auf der Stelle tot. Mein Freund, der etwas Alkohol getrunken hatte, machte sich später die größten Vorwürfe. Er glaubte, obwohl die Schuldfrage eindeutig war, wenn er nicht getrunken hätte, wäre seine Reaktion eventuell besser gewesen."
„Wann war das?" fragte Sonja betroffen. Ganz dicht war sie an ihn getreten, und ihre Augen ruhten auf seinem Gesicht.
„Vor fünfzehn Jahren", erwiderte er.
„Martin, es waren Ihre Frau und Ihr Sohn, nicht wahr?"

„Ja, Sonja."
„Haben Sie hier in diesem Haus gelebt?"
„Nein, wir wohnten damals in Bremen. Dieses Haus habe ich vor zehn Jahren günstig kaufen können. Es war ziemlich heruntergekommen, und ich habe fast alle Umbau- und Restaurierungsarbeiten selbst durchgeführt. Die ersten Jahre nach dem Tod meiner Familie habe ich im Ausland verbracht. Es war eine Flucht vor mir selbst. Später habe ich alles in Bremen verkauft und mich hier niedergelassen."
„Warum haben Sie nicht wieder geheiratet? Ich meine, Frauen wird es doch in Ihrem Leben gegeben haben?"
Er sah sie nachdenklich an: „Frauen hat es gegeben, ich bin ja kein Mönch, aber ans Heiraten habe ich nicht gedacht, bis heute."
In dieser Nacht lag Sonja lange wach, während Martin tief und fest neben ihr schlief. Ein nie dagewesenes Glücksgefühl durchströmte ihren Körper.

Als Sonja und Martin am nächsten Tag im Ferienpark ankamen, wurden sie bereits von Günther Depping erwartet.

Sonja geriet in Panik, und aufgeregt fragte sie Martin: „Was sollen wir machen. Ich kann doch nicht zu ihm hingehen und sagen, dass ich mich verliebt habe und die Scheidung will. Immerhin sind wir über zwanzig Jahre miteinander verheiratet."
Wutentbrannt kam Günther auf sie zu und machte beiden eine Szene. Martin Larsson behielt die Ruhe und mit ein paar passenden Worten brachte er den Rasenden zum Schweigen. Günther setzte sich wortlos in sein Auto und fuhr nach Hause.
Einen Tag später traf auch Sonja dort ein. Es folgte eine Auseinandersetzung nach der anderen. Und Günther zeigte sich von einer Seite, die sie gar nicht an ihm kannte. Er beschimpfte sie auf übelste Weise. Es muss wohl die gekränkte männliche Eitelkeit sein, die ihn so ausfallend werden ließ. Tags darauf entschuldigte er sich für sein Verhalten und versicherte ihr, wenn sie ihn nicht verlasse, sich mehr Zeit für sie zu nehmen und sogar aus dem Haus auszuziehen. Sonja machte ihm unmissverständlich klar, dass für sie nur eine Scheidung und der Auszug aus dem elterlichen Haus in Frage käme. Daraufhin erklärte er ihr, dass er sich weigern würde, auch nur einen Cent

Unterhalt für sie zu zahlen. Und sie könne sich abschminken, ohne Berufsausbildung einen Job zu finden. Auch ihre Kinder hielten zu Günther. Langsam kam sich Sonja wie eine Aussätzige vor, nur die Liebe zu Martin Larsson gab ihr die Kraft, alles durchzustehen. Aber es sollte noch schlimmer kommen.

Inzwischen hatte Sonja die Scheidung eingereicht. Günther war nach Dresden abgereist, nur Markus und Claudia hielten sich, wenn auch schmollend, zu Hause auf.

Noch einmal suchte Sonja das Gespräch mit ihrer Mutter und ließ alles was sich im Laufe der Jahre bei ihr aufgestaut hatte heraus. Schweigend hatte die alte Frau alles angehört und leise sagte sie: „Du bist wie dein Vater, impulsiv und willst mit dem Kopf durch die Wand."

„Ich höre wohl nicht recht, Papa impulsiv? Der hatte doch bei dir nichts zu melden!" rief Sonja aufgebracht.

„Nicht Papa, sondern dein Vater", fügte die Mutter hinzu. Schockiert sprang Sonja auf, und mit weit aufgerissenen Augen ging sie auf ihre Mutter zu, packte sie an den Schultern und rief mit bebender Stimme: „Wer ist mein Vater?!"

„Joachim Cordes."
„Cordes? Hat der was mit den Cordes-Werken zu tun?"
„Er ist es selbst", gab die Mutter zurück.
„Ich fasse es nicht! Sechs Jahre nach Papas Tod erfahre ich, wer mein Vater ist! Warum hat sich mein Erzeuger nicht um mich gekümmert?!"
Zusammengesunken saß die Mutter im Sofa: „Ich wollte es so. Papa wusste doch von dem alle nichts, und er war so stolz auf dich."
Kreideweiß im Gesicht und mit zitternden Beinen ging Sonja nach unten. Sie musste allein sein, schloss sich im Schlafzimmer ein und weinte hemmungslos.

Die elegant gekleidete Dame im Sekretariat schaute von ihrem Schreibtisch auf und mit süffisantem Lächeln erklärte sie: „So, so, zu Herrn Cordes wollen Sie. Tut mir leid, aber ohne Termin…"
Mit fester Stimme fuhr Sonja dazwischen: „Melden Sie Herrn Cordes, dass Sonja Depping hier ist!"

Widerwillig rief Frau Brückner ihren Chef an und war sichtlich verblüfft, als dieser die Tür aufriss und freudestrahlend rief: „Sonja! Endlich! Komm herein!" und zu seiner Sekretärin: „Stellen Sie bitte keine Anrufe durch, wir möchten nicht gestört werden und machen Sie uns einen starken Kaffee!"

Joachim Cordes legte seinen Arm um Sonja und zog sie mit sich. Frau Brückner sah den beiden nach und schüttelte den Kopf und eifersüchtig dachte sie: Die Geliebten werden auch immer jünger.

Vater und Tochter nahmen in der schwarzen Ledergarnitur ihren Platz ein, die vor dem Fenster stand und den Blick auf das Betriebsgelände freigab. Seit einigen Tagen hatte Sonja das Gefühl, neben sich selbst zu stehen und nur langsam fand sie ihr Selbstvertrauen wieder. Joachim Cordes, ein Mann Anfang Siebzig und mit einem gesunden Menschenverstand ausgestattet, war sich schnell darüber im Klaren, dass er sehr behutsam vorgehen musste, um seine Tochter nicht gleich wieder zu verlieren. Während ihrer Unterhaltung stellten sie viele Gemeinsamkeiten fest. Auf die entscheidende Frage, warum er sich in all den Jahren nicht um Sonja gekümmert hatte, stand Cordes auf und holte drei Fotoalben aus dem Bücherschrank und legte sie seiner Tochter vor. Es waren Fotos aus ihren

Kinderjahren bis zum Abitur darin enthalten. Überrascht sah Sonja ihren Vater an, und ungläubig fragte sie: „Du kanntest mich all die Jahre?"

„Ja, mein Kind. Es hat oft sehr wehgetan, dich nur aus der Ferne zu betrachten und immer wieder habe ich deine Mutter gebeten, dir die Wahrheit zu sagen, spätestens an deinem 18. Geburtstag.

Ferner erfuhr Sonja, dass sie zwei jüngere Brüder hat, die im väterlichen Betrieb tätig waren. Den Kopf voller Gedanken verließ Sonja ihren Vater, aber nicht ohne ein Wiedersehen vereinbart zu haben.

Als sie in die Hofeinfahrt zu ihrem Haus einbiegen wollte, versperrte Martins Porsche die Einfahrt. Ihr Herz klopfte bis zum Hals, als er sie fest in seine Arme nahm.

„Ich dachte schon, du hättest mich vergessen", sagte Martin zärtlich.

„Wie kommst du denn darauf?" lachte sie.

„Seit Tagen versuche ich, dich telefonisch zu erreichen, aber im Hause Depping nimmt keiner den Hörer ab. Willst du mir nicht erzählen, was passiert ist?"

„Ach Martin, ich habe in den letzten Wochen mehr erlebt als andere in ihrem ganzen Leben", erwiderte Sonja und schmiegte sich an den Mann, dem ihre ganze Zuneigung galt.

Treppenhausgespräche

Mit Blaulicht und Martinshorn verließ der Notarztwagen den Hof der kleinen Apartmentanlage im Hansaviertel. Die Bewohner des Hauses hatten sich nach dem Schreck im Treppenhaus versammelt.

„Warum hat er sich die Pulsadern aufgeschnitten?" fragte der junge Mann aus dem ersten Stock.

„Das fragen Sie noch?" sagte Frau Degenhardt, eine Kriegerwitwe.

„Der war doch, sie zeigte mit dem Finger nach oben, der Tänzerin total verfallen."

„Unser Oberstudienrat? Das glaube ich nicht. Herr Meierhenrich wohnt schon über zwanzig Jahre hier und lehrt seitdem Mathematik, Physik und Chemie am Bollhöfer-Gymnasium. Ich habe bisher noch nie so einen korrekten, zuverlässigen und soliden Menschen kennengelernt."

Jetzt mischte sich auch Frau Menzel, eine pensionierte Bibliothekarin, ins Gespräch ein.

„Ich muss es ja wohl am besten wissen, denn schließlich lebe ich seit etlichen Jahren Tür an Tür mit Herrn Meierhenrich, und da bekommt man so einiges mit. Bisher lebte er sehr zurückgezogen und nur für seinen Beruf und seine Hobbys. Sein Größtes ist sein Aquarium und seine Bibliothek, seltener alter Werke der Naturwissenschaft. Da ging er ganz drin auf. Er besitzt nicht einmal einen Fernseher, und Freunde hat er auch keine. Ab und zu besuchte ihn ein Kollege, mit dem er Schach spielte. Und dann zieht diese flippige Person hier ein und krallt sich diesen Mann mit Haut und Haar. Die hat ihn ausgenommen wie eine Weihnachtsgans. Sogar Schulden soll er ihretwegen gemacht haben."

„Verstehe ich nicht", sagte der junge Mann.

„Meierhenrich ist doch kein Frauenheld, geschweige denn, ein Mann mit Sex-Appeal. Und dann erst der große Altersunterschied. Er ist doch schon fünfzig Jahre alt und sie erst Anfang zwanzig."

„Junger Mann, da haben Sie recht, aber diese Dame hat es doch nur auf sein Geld abgesehen."

„Wer hat ihn denn gefunden?" wollte der freundliche, alte Herr aus dem Parterre wissen. Bisher hatte er sich alles schweigend angehört.

„Der Hausmeister und ich", antwortete Frau Menzel, die, immer wenn sie aufgeregt war, kleine rote Flecken im Gesicht bekam.

„Am Vormittag habe ich ein Päckchen für den Oberstudienrat in Empfang genommen, was ich ihm nachmittags hinüberbringen wollte. Ich klingelte an seiner Tür, aber er machte nicht auf, obwohl ich ganz deutlich ein Stöhnen vernahm. Nach mehrmaligem Rufen und Klopfen habe ich den Hausmeister geholt, der dann aufgeschlossen hat. Wir fanden Herrn Meierhenrich im Badezimmer am Boden liegend, inmitten einer großen Blutlache. Neben ihm lag eine leere Flasche Weinbrand. Es war entsetzlich!"

Der freundliche, alte Herr schüttelte den Kopf und meinte: „Was erzählen Sie denn da. Die junge Frau ist doch seine Tochter. Sie ist Balletttänzerin hier am Opernhaus."

Halt die Klappe, Omi!

Es war an einem regnerischen Nachmittag, als Helga Winter in der Mosdorfer Kreissparkasse hinter dem Kassenschalter stand. Draußen pfiff ein kalter Wind und der Regen prasselte gegen die Scheiben. Bei dem Wetter verlor sich kaum ein Kunde in die kleine Bankfiliale, die an der Ausfahrtstraße des Dorfes lag. Nur Frau Krüger, eine alte Rentnerin, stand vor dem Kassenschalter und durchsuchte ihre Handtasche nach ihrem Sparbuch.

„Bei dem Wetter schickt man keinen Hund vor die Tür", sagte die alte Frau und schüttelte sich.

Lachend erwiderte Frau Winter: „Da haben sie recht, Frau Krüger, aber ich staune, dass sie den Weg nicht gescheut haben."

„Ach, wissen Sie, in meinem Alter muss man in Bewegung bleiben und man ist ja nicht aus Zucker", antwortete die Rentnerin. Während die alte Frau noch immer in ihrer Tasche rumkramte und ihr Sparbuch suchte, fragte sie die junge Frau hinter dem Schalter: „Wann fängt ihr

Schwangerschaftsurlaub an? Lange kann es doch nicht mehr dauern, oder?"
Bevor Frau Winter antworten konnte, flog plötzlich die Eingangstür auf und ein junger Mann betrat die Kasse. Er blickte sich kurz im Raum um und kam direkt auf den Kassenschalter zu und hielt der Kassiererin einen zerknitterten Zettel hin, auf dem mit großen krickeligen Buchstaben stand: *„Ich schieße sofort; wenn Sie Alarm geben. Alles Geld in diese Tasche!"*
Helga Winter stockte das Blut in den Adern und ihr Herz fing an zu rasen. Oft, ja sehr oft hatte sie sich mit Kollegen darüber unterhalten, was man in solch einer Situation machen sollte. Ihr kam nur ein Gedanke: Ruhe bewahren, bloß jetzt keinen Fehler machen. Der Bankräuber, der mit einer ausgefransten Jeans, dreckigen Turnschuhen und einem blauen Anorak bekleidet war, trug auf dem Kopf eine knallrote Basketballmütze, dessen Schirm er tief ins Gesicht gezogen hatte, so dass die Augenpartie nicht richtig zu sehen war. Als die junge Kassiererin mit großen, angstvollen Augen ihr Gegenüber ansah, zog dieser eine Pistole aus seiner Jackentasche und hielt sie ihr an den Kopf. Mit zitternden Händen nahm sie die Geldscheine,

stopfte sie in die Tasche und reichte sie dem jungen Mann, der die Beute mit den Worten „keine Dummheiten" an sich nahm und dabei die vor Schreck erstarrte Rentnerin zur Seite stieß, die sich aber gleich wieder gefangen hatte. Wütend hob sie mit der einen Hand ihren Schirm drohend hoch, mit der anderen hielt sie den Arm des Bankräubers fest und schrie: „Das könnte Ihnen so passen, einfach so das gesparte Geld anderer Leute mitzunehmen! Arbeiten Sie gefälligst!"
Verdutzt riss sich der junge Mann los, klemmte sich die Tasche mit dem Geld unter den Arm und verließ rückwärtsgehend den Kassenraum und rief: „Halt die Klappe, Omi, sonst puste ich dir die Birne aus!"
Die Frauen hörten, wie auf der Straße ein Auto mit aufheulendem Motor davonfuhr. Mit letzter Kraft gelang es der hochschwangeren Helga Winter, den Alarmknopf zu drücken, bevor sie hinter dem Schalter zusammenbrach. Aufgeregt lief die Rentnerin auf die Straße und rief um Hilfe. Es dauerte nur wenige Minuten, dann waren die Polizei und der Notarztwagen zur Stelle.

Unsere kleine Bar

Kurz vor Mitternacht betraten wir die kleine Bar, mitten im gotischen Viertel von Barcelona. Der Barkeeper, der uns inzwischen kannte, lachte uns freundlich entgegen und führte uns zu der Sitzgruppe vor der Theke, die umrandet war von einem goldenen Rundbogen auf Säulen. An den Ziegelsteinwänden waren Spiegel angebracht, die den Raum größer erscheinen ließen und auf den kleinen schwarzen Tischen standen weiße tulpenförmige Lampen.

Es war der letzte Tag unserer Studienreise. Erlebnisreiche Stunden lagen hinter uns, die ausgefüllt waren mit Besichtigungen von Stadt, Gebäuden und Museen. Wir hatten viel Positives, wie auch Negatives erlebt. Nur einen Katzensprung von hier lag unser Hotel, was uns ein wenig Sicherheit vermittelte, zumal man in dieser Stadt ständig auf der Hut sein musste, vor Taschendieben. Seit unserer Ankunft in Barcelona war unsere Reisegruppe mit Diebstahl und

Einbrüchen konfrontiert worden, aber das ist eine andere Geschichte.

Nach all den Strapazen waren wir immer froh, wenn wir uns allabendlich von unserer vierzigköpfigen Gruppe absetzen konnten, um den Tag ruhig ausklingen zu lassen. Lotti, Marga, Anne und ich stellten fest, dass das Lokal zum größten Teil von einheimischen Gästen besucht war. Alle Tische waren besetzt. Aus den Lautsprechern erklang leise Musik. Wir genossen die angenehme Atmosphäre und warteten auf unseren Cocktail, der bereits in Vorbereitung war, als Marga aufstand, um die Toiletten aufzusuchen. Sie musste über eine frei im Raum befindliche Wendeltreppe gehen, die nach oben führte.

Unsere Unterhaltung war indes sehr lebhaft, als plötzlich das Licht ausging. Nur ein Kurzschluss dachten wir und amüsierten uns köstlich darüber. Ein geschäftiges Treiben trat ein, das Personal rannte wie aufgescheuchte Hühner von Tisch zu Tisch, um brennende Kerzen und Taschenlampen aufzustellen. Etwas Bedrohliches lag in der Luft.

Es mochten fünf, zehn, oder auch mehr Minuten vergangen sein, bis endlich wieder das Licht anging. Kurz darauf kam Marga mit hochrotem Kopf die Treppe herunter. Alle Augen waren auf sie gerichtet und ein Schmunzeln machte sich in den Gesichtern breit. Wir empfingen sie mit einem großen „Hallo" und witzelten über ihr „dunkles Örtchen", bis wir Margas aufgeregten Gesichtsausdruck wahrnahmen. Lotti fragte: „Geht es dir nicht gut, ist dir schlecht?" Anne: „Was ist mit dir?" Marga nahm einen kräftigen Schluck aus ihrem Glas, dann sprudelte es nur so aus ihr heraus: „Stellt euch vor: ich stehe in der Toilette und will den Hebel der Wasserspülung betätigen, finde aber an der ganzen Wand keinen. Auf einmal sehe ich einen winzigen Knopf – er sah aus wie ein Türspion – und dachte: andere Länder, andere Sitten und drückte drauf. Plötzlich rasselt mit ohrenbetäubendem Lärm ein Gitter am Fenster herunter, die Tür ließ sich auch nicht mehr öffnen. Dunkelheit umgab mich, ich war eingesperrt. Panik ergriff mich, und ich hämmerte wie wild mit den Fäusten gegen die Tür und rief laut um Hilfe. Nichts rührte sich, erdrückende Stille! Aus der Ferne hörte ich Schritte und Männerstimmen, sie kamen näher. Ich rief immer noch. Die Tür wurde aufgeschlossen, das Licht ging an und vor mir standen drei bewaffnete Männer. Sie hielten ihre Revolver auf mich gerichtet. Einen Mann kannte ich, es war der Manager unseres Hotels. Meine Gedanken überschlugen sich, wie kam der hier her? Gott sei Dank, auch er erkannte mich und erklärte in gebrochenem Deutsch, dass ich die Alarmanlage in Gang gesetzt hatte. Automatisch schließen alle Fenster und Türen, um den vermeintlichen Einbrecher festzuhalten. Sogar den gesamten Hotelkomplex, zu dem auch die Bar gehört, hatte ich lahmgelegt.

Uns kam das Ganze ziemlich „spanisch" vor, und wir brachen in lautes Gelächter aus.

Marga: „Ach ja, das hätte ich fast vergessen, die Wasserspülung funktioniert selbstständig, beim Verlassen der Toilette."

Der Barkeeper brachte uns eine Runde, auf Kosten des Hauses. Und wir verließen erst weit nach Mitternacht unsere kleine Bar.

Vollmond

An einem warmen Sommerabend beschlossen Ursula und Günter Fischer, ein bisschen aufs Land zu fahren. Sie verließen die Stadt und fuhren durch eine waldreiche, dünn besiedelte Gegend. Auf dem Rückweg bogen sie von der Hauptstraße ab, um ein abseits gelegenes Flusstal zu erkunden. Den Wagen ließen sie am Wegesrand stehen und liefen barfuß durch die Wiesen am Flussufer entlang. Sie genossen die Abendstille, die nur durch Vogelgezwitscher und das Plätschern des Wassers unterbrochen wurde. Als es zu dämmern begann und der Mond aufging, kehrten sie zum Auto zurück. Günter wollte den Motor starten, doch nichts tat sich. Er versuchte alles, den Wagen in Gang zu bekommen, leider erfolglos. Da sie auf den letzten fünf Kilometern kein Haus gesehen hatten, waren sie froh, als sie im Vollmondschein auf einer kleinen Anhöhe ein Haus entdeckten. Es war inzwischen kurz vor Mitternacht. Günter Fischer ließ seine Frau im Auto zurück, nahm seine Taschenlampe und machte sich auf den Weg zu dem Haus, das ungefähr hundert Meter entfernt lag. Er wollte versuchen, eine Werkstatt anzurufen, die Nachtdienst hatte.

Ursula schaute ihm nach und zündete sich eine Zigarette an. Nach einigen Minuten sah sie mit Erleichterung, dass in dem Haus Licht anging. Günter hatte also jemanden angetroffen. Das Warten kam ihr wie eine Ewigkeit vor, und sie erschrak, als sie ihren Mann laufend aufs Auto zukommen sah. Er riss die Tür auf, ließ sich in den Sitz fallen und verriegelte die Türen.

„Ursula!" er packte seine Frau fest an den Schultern, „wir müssen so schnell wie möglich hier weg!"

„Aber, warum?" Günter stammelte: „Blut… nur Blut… sie war doch noch so jung… warum habe ich ihr nicht geholfen…?"

„Wer war noch so jung? Wieso Blut?" fragte seine Frau.

„Gib mir eine Zigarette!" sagte er mit bebender Stimme. Im Licht des Feuerzeugs sah sie, dass er kreideweiß im Gesicht war und seine Hände zitterten. Er schwieg und starrte ins Leere.

Aufgeregt fragte sie ihn, was in dem Haus passiert sei. Stockend fing Günter an zu erzählen: „Die Haustür machte mir so ein fettleibiger Typ auf. Als ich ihm unsere Situation schilderte, führte er mich durch eine große, dunkle Diele zum Telefon neben der Treppe. Schweigend drückte er mir einen Zettel mit einer Nummer in die Hand und verschwand lautlos hinter einer der vielen Türen. Ich wählte die Nummer, und ein Mann meldete sich. Auch ihm erklärte ich unsere Lage, und er versicherte mir, so schnell wie möglich zu kommen. Von überall hörte ich tiefe Männerstimmen und seltsame Musik. Mir war plötzlich ganz mulmig zumute. Aber dann... es war ja so schrecklich..."

„Was war so schrecklich?" fragte Ursula.

„Als ich mich umdrehte, sah ich eine offen stehende Tür, die sich ganz am Ende der Diele befand." Wieder machte Günter eine Pause und zog heftig an seiner Zigarette. Seine Frau wurde zunehmend nervöser, denn in so einer Gemütsverfassung hatte sie ihren Mann noch nie erlebt. Er war ein Realist durch und durch und so schnell konnte ihn nichts aus der Bahn werfen.

„Red' doch weiter! Was war in dem Zimmer?"

„Es…", stammelte er, „es standen fünf Männer um einen großen Holztisch. Sie trugen dunkle Kutten, und ihre Gesichter waren mit Kapuzen bedeckt. Überall standen brennende Kerzen. Durch das Fenster fiel fahles Mondlicht auf den Tisch, der in der Mitte des Raumes stand."

Wieder machte er eine Pause und holte tief Luft, bevor er weitersprach: „Auf dem Tisch lag eine junge Frau, mit langen blonden Haaren, die an den Beinen und Armen gefesselt war. Sie trug ein weißes Kleid. Die Kapuzenmänner fingen mit Bassstimmen an zu singen, und sie bewegten ihre Oberkörper im Gleichtakt hin und her. Dann trat ein Mann hervor… und… und stach mit einem langen Messer auf die Frau ein."

Ursula schrie: „Nein, das ist nicht wahr!"

„Ich wollte weglaufen", fuhr Günter fort, „blieb wie angewurzelt stehen und starrte wie in Trance in das Zimmer. Das Blut tropfte, nein, es floss unaufhaltsam auf den Fußboden und das weiße Kleid färbte sich rot. Immer und immer wieder stach der Mann auf den inzwischen leblosen

Körper ein und der Chor wurde lauter und lauter und aus dem Hintergrund ertönte Orgelmusik."

„Hör auf, mir wird ganz schlecht!"

„Begreifst du jetzt, warum wir hier schleunigst weg müssen? Dort oben in dem Haus ist eine Frau bestialisch ermordet worden und ich bin Zeuge. Weißt du, was das heißt?"

„Ja, Günter. Nur, was machen wir mit unserem kaputten Auto?"

„Das müssen wir stehenlassen und gehen zu Fuß."

„Wir können nicht warten, das ist zu riskant. Wer weiß, vielleicht stecken die mit der Werkstatt unter einer Decke."

Da sie die Flussregion erst vor wenigen Stunden erkundet hatte, beschlossen sie, die Straße zu meiden und am Flussufer entlang zu gehen.

Während sie Jacken und Tasche aus dem Kofferraum suchten, hörten sie ein Auto die holprige Straße heraufkommen. Auf gleicher Höhe blieb der Wagen stehen und eine freundliche Männerstimme sagte: „Guten Abend oder besser guten Morgen! Eine bessere Gegend für eine Panne hätten Sie sich nicht aussuchen können", kam lachend über seine Lippen. Als er keine Antwort bekam, fuhr er fort: „Sie sind doch Herr Fischer, der mich angerufen hat?"

Günter nahm allen Mut zusammen und fragte so unbefangen wie es eben ging: „Wer wohnt eigentlich in dem Haus auf der Anhöhe?"

„Da wohnt niemand. Das steht schon lange leer."

Jetzt wurde Ursula hellhörig und sagte: „Mein Mann hat Sie doch von dort aus angerufen."

Der Monteur war inzwischen ausgestiegen und kratzte sich am Kopf, als er antwortete: „Ach... richtig, diese Filmfritzen sind ja da. Seit Wochen laufen in dem alten Gemäuer da oben Dreharbeiten für einen Gruselfilm."

Tanz am Meer

Die Kellnerin hatte gerade unseren Tisch abgeräumt und wir bestellten noch zwei Cappuccini, als ich sie hereinkommen sah. Umringt von drei Frauen und drei Männern nahm sie an einem der Tische am Fenster Platz. Es war eine fröhliche, ausgelassene Runde. Alle sieben Personen waren so mit sich beschäftigt, so dass sie nicht bemerkte, wie ich sie anstarrte. Ich konnte nicht den Blick von ihr lassen. Sie hatte sich verändert. Ein bisschen hatte sie zugenommen, was ihr ausgezeichnet stand. Ihre braunen Haare waren länger und umschmeichelten ihr schmales Gesicht. Sie trug ein buntes Sommerkleid und um ihre schlanke Taille trug sie einen breiten roten Gürtel. Ihre grünen Augen hatten nichts von dem Glanz verloren, und ihr Lachen war noch so ansteckend wie damals auf der Insel. Ich konnte mich nicht von ihrem Anblick lösen. Sie strahlte von innen und keine Spur von Traurigkeit war in ihrem Gesicht zu erkennen. War sie verliebt? Vielleicht in einen der Männer an ihrem Tisch? Sehr genau beobachtete ich die einzelnen Gesten der Herren. Einer legte seine Hand auf die ihre und ich fing an zu schwitzen. Aber dann sah ich, dass sie ihre Hand schnell weg zog. Ich war wie benommen und mein Herz fing an zu hämmern.

Ich wollte sie nicht wiedersehen, weil ich genau wusste, dass es mir wehtun würde. Wir hatten noch mehrmals nach unserem Inselaufenthalt miteinander telefoniert und immer wenn ich ihre Stimme und ihr herzhaftes Lachen hörte, fühlte ich diese Sehnsucht in mir, sie wieder in meine Arme zu nehmen, so wie ich es während unseres Trauer-Seminar getan hatte. Allerdings war das ein anderes „In-den-Arm-nehmen". Mein Gott, was passierte mit mir. Wir hatten uns oft über das Thema „Neue-Partnerschaft" unterhalten. Ich hatte ihr von meiner Bekannten erzählt, von der ich mir vielleicht vorstellen könnte, wieder in einer Partnerschaft zu leben. Sie knallte mir dann die Worte um die Ohren: „Was sind Sie nur für ein Mann! Ihre Frau ist erst ein paar Monate tot und Sie sind schon wieder auf der Suche nach einer Partnerin. Das hätte ich Ihnen nicht zugetraut. Wenn so ein Mann wie Sie auf mich zukommen würde, den würde ich voll vor die Wand laufen lassen. Wissen Sie was Sie für mich sind? Ein großes Weichei!" Ich konnte ihr nichts darauf erwidern und ging wütend davon. Sie hatte mich sehr getroffen und verstand nicht, dass ich nur wieder leben wollte. Ich war ein Mann von 55 Jahren und hatte jahrelang keine Sexualität mehr erlebt. Ich wollte endlich wieder wie ein Mann leben und nicht wie ein Priester. Stundenlang ging ich durch die Dünen und hing meinen Gedanken nach. Nach dem abendlichen Trauer-Seminar verabredeten wir uns dann doch wieder und machten unseren allabendlichen Spaziergang durch die Dünen zum Strand. Als wir die Uferpromenade hoch kamen, erlebten wir einen wunderschönen Sonnenuntergang. Tränen liefen ihr übers Gesicht und sie erzählte mir von ihrem verstorbenen Mann, mit dem sie oft den Sonnenuntergang am Meer beobachtet hatte. Ich legte meinen Arm um sie und fragte vorsichtig, ob sie sich nicht vorstellen könnte, irgendwann wieder mit einem Mann zusammen zu leben. Sie zuckte mit den Schultern und erwiderte, dass man durch das Tal der Trauer gehen müsse, und sie könne sich im Moment nicht vorstellen wieder mit einem Mann zusammen zu sein. Einmal sagte sie zu mir:

„Sie laufen Ihrer Trauer davon. Irgendwann holt es Sie wieder ein.

Sie hatte Recht gehabt, aber als Mann will man das ja nicht wahrhaben. Dass Anette neben mir saß, hatte ich vollkommen vergessen. Immer wieder schallte ihr Lachen herüber und mein Herz ging einige Takte schneller. Ja, meine Bekannte Anette war einfach nach dem Tod meiner Frau da. Sie war schon lange von Georg geschieden. Natürlich fand ich das tröstlich. Sie kam zu mir und brachte mir Essen oder ich besuchte sie zum Kaffee oder zum sonntäglichen Frühstück. Man konnte über alles mit ihr reden. Sie war so verständnisvoll und irgendwann ist es dann passiert. Ich mochte sie, aber war es Liebe? Nein, Liebe war etwas anderes. Nach dem Tod meiner Frau konnte ich einfach nicht allein sein. Ich konnte nichts mit mir anfangen und war immer auf der Flucht. Zuerst stürzte ich mich in die Arbeit. Dann ging ich jeden Abend aus. Mal mit Freunden mal mit Anette. Meine Frau war über zehn Jahre krank und ich hatte so einen Nachholbedarf. Ich habe meine Frau sehr geliebt und war ihr treu, aber durch ihren Tod wurde mir bewusst, dass ich kein Mensch bin, der allein leben kann. Zuerst betäubte ich mich mit

Alkohol, aber nach ein paar Wochen merkte ich, dass mich das kaputt macht. Anette war die beste Freundin meiner Frau und sie war es, die mich auf den Zeitungsartikel aufmerksam machte. Ich wäre nie von mir aus auf die Idee gekommen, an einem Trauer-Seminar teilzunehmen. Da ich auf der Flucht war, meldete ich mich kurz entschlossen an. Im Juli war es dann soweit.

Als wir mit der Fähre in den kleinen Hafen der Insel einfuhren, ging es mir ziemlich dreckig. Ich war voller Trauer und mein Nervenkostüm lag total am Boden. Die ersten Tage empfand ich so schlimm, dass ich am liebsten wieder nach Hause gefahren wäre. Aber dann lernte ich Anna kennen und wir gingen oft allein spazieren und unterhielten uns lebhaft. Ihr Mann war plötzlich verstorben und sie weinte viel. Ich nahm sie dann in den Arm und tröstete sie. In ihrer Gegenwart fühlte ich mich sehr wohl und mit ihr konnte ich über alles reden. Sie war eine selbstbewusste Frau und mir war sehr schnell klar, dass sie ihren Weg gehen würde – auch allein. Die Tage gingen schnell vorüber und am vorletzten Abend fand eine kleine Abschiedsfeier innerhalb der Gruppe statt. So gegen Mitternacht verabschiedete man sich, als

Anna mich fragte, ob ich noch einmal mit ihr zum Strand hinuntergehen würde. Schweigend ging sie neben mir und dann brach es nur so aus ihr heraus. Sie erzählte mir, dass sie jeden Abend weinend eingeschlafen sei, aber heute Abend habe sie einen Wunsch, sie möchte einmal am Meer tanzen. Erstaunt blieb ich stehen und sagte ihr, dass sie hier auf mich warten solle. Schnell lief ich zurück und holte aus meinem Zimmer den CD-Player und nahm die angebrochene Flasche Rotwein mit. Ich beeilte mich und sah ihre schlanke Gestalt auf der Bank in den Dünen sitzen. Ich zog sie mit mir und wir gingen zum Strand hinunter. Ich machte die Flasche auf und die Musik an. Es waren meine Lieblingssongs der siebziger- und achtziger Jahre darauf zu hören. Ich beugte mich vor und sagte: „Darf ich bitten?" Sie lachte ihr herzhaftes Lachen und machte einen kleinen Knicks und dann tanzten wir eng umschlungen nach meiner Musik. Wir tranken den Wein aus der Flasche und es war ein kurzer Moment, der uns weg trug von all unserer Trauer und Verzweiflung der letzten Monate. Wir hielten uns fest wie zwei Ertrinkende und genossen den Augenblick. Ich hätte sie am liebsten geküsst, aber ich habe mich nicht getraut. Schweigend gingen wir durch die Dünen zurück. Am nächsten Morgen standen wir mit unseren Koffern im Flur und warteten auf die Pferdekutsche, die uns zum Schiff bringen sollte. Nichts erinnerte mehr an den Zauber der letzten Nacht. Die Realität hatte uns wieder eingeholt und wir fürchteten uns vor dem Nach-Hause-Kommen – vor dem Alleinsein.

Meine Gedanken überschlugen sich und als ich meine Tasse zum Trinken ansetzte, hörte ich wie aus der Ferne Anettes Stimme: „Sag mal, ist das die Frau von der du mir erzählt hast?" Ich antwortete nicht, denn jetzt sahen mich zwei Augen an, die ich nicht vergessen hatte. Sie legte ihren Kopf ein wenig schief – das tat sie immer, wenn sie lächelte – und wie in Trance ging ich auf ihren Tisch zu. Ich musste mit ihr reden. Ein Jahr war vergangen seit dem Inselaufenthalt und wir standen uns gegenüber und reichten uns die Hand. Ich zog sie fest an mich. Jetzt waren alle Blicke auf uns gerichtet, doch das störte mich nicht. Leise flüsterte ich ihr ins Ohr: „Ich werde dich nie mehr loslassen."